KB080516

한 시간

한
시
간

최종수 판타지 장편소설

열림원

우리 편한 마음으로 먼 길 떠나봅시다.

모두 일어서시오.

1ʹ 인간의 세계 . . . .　9

2ʹ 지상의 세계 . . . .　59

3- 천상의 세계 . . . .　131

4、 다시 지상의 세계 . . . .　211

1´

 인간의 세계

1

장대비는 억수같이 앞유리창에 쏟아지고 있었다. 비가 내리는 것이 아니라 양동이로 물을 퍼붓는 것 같았다. 차가 물속에서 헤엄쳐 가는 것 같기도 했다. 이런 폭우는 몇 년에 한 번 올까 말까. 시간당 100밀리미터가 넘을 것 같다. 와이퍼를 연신 좌우로 급하게 움직여도 소용없고, 앞은 거의 보이지 않는다. 신태수 대리는 마음이 몹시 다급해졌다.

'아! 빨리 가야 하는데.'

차들은 모두 앞차 꽁무니의 흐릿한 빨간 제동등만 따라서 줄을 맞추어 달리고 있었다. 차 안에서 팽팽한 긴장감이 느껴질 정도로 운전자들이 모두 조심해서 운전하고 있었다.

멀리서 가까이에서 간간이 천둥소리가 들려왔다.

'부장님만 간단히 얘기했어도 병원에 이미 도착했을 텐데.'

신 대리는 지금 의정부 지점 직원들을 대상으로 하는 신규 사업의 설명회를 마치고, 아버지가 입원한 은평구의 한 병원으로 가는 중이다. 지점 직원들은 신규 사업에 대해 이해하고 수긍하는 분위기였다. 그런데 부장이 나서서 신 대리에게 질문을 하고, 향후 전망도 장황하게 설명하는 바람에 설명회가 길어졌던 것이다.

한 시간 전, 신 대리가 자료와 영상을 통해 사업 설명회를 한창 진행하는 도중에 어머니에게서 문자가 왔다. 신 대리는 바로 문자를 보지 못하고, 잠깐 쉬는 시간에 볼 수 있었다. 어머니에게서 여러 번 문자가 들어와 있었다.

—빨리 와라. 아버지가 쓰러지셨다. 의식이 없는데도 너만 부르신다. 빨리 올 수 있니?

—언제 오니?

—오고 있니?

—빨리 와라.

어머니가 이렇게 다급하게 여러 번 문자를 보낼 정도면 아버지가 대단히 위급한 상태임에 틀림없었다. 바로 출발해야 한다. 여기서 병원까지 거리도 꽤 되고, 어림잡아 한 시간은 걸릴 것이다. 신 대리의 마음은 점점 더 불안해졌다.

'이건 아닌데. 정말 이러시면 안 되는데.'

신 대리의 사정을 모르는 부장은 빨리 설명회를 마치자고 다그쳤다. 신 대리는 어머니한테 곧 간다며 짧게 문자만 하나 보내고 회의실로 다시 들어갔다. 의정부 지점 직원들이 너무 진지하게 사업 설명회를 듣고 있으니 부장은 신이 났는지 더욱 열성을 보였다.

신 대리로서는 무엇을 어떻게 해볼 도리가 없었다. 아버지께서 제발 무사하시라고 기원하는 수밖에 없었다. 문득 아버지가 돌아가시는 것은 아닌가 하는 불길한 생각마저 들었다.

신 대리는 안절부절못하며 설명회를 계속했다. 다른 사람들은 신 대리의 상태를 전혀 눈치채지 못했다. 부장과 지점 직원들의 박수를 받으며 설명회를 무사히 마쳤다. 대단히 만족해하는 부장에게 사정 이야기를 하자, 부장은 그런 상황이면 왜 빨리 말하지 않았냐며 오히려 핀잔을 주었다.

신 대리는 지점 직원들에게 간단히 인사를 하고 서둘러 출발했다. 어머니에게 지금 출발한다고 전화를 했다. 어머니는 알았다고만 하고 더 말씀이 없었다. 아무래도 우시는 것 같았다.

비가 몇 방울 후두두 떨어지고 있었다. 10분쯤 지나 의정부 시내에서 외곽으로 빠져나오자 빗방울이 굵어지기 시작하더니 곧바로 엄청난 폭우로 변하여 맹렬하게 퍼붓기 시작했다. 시계를 보니 3시 50분이었다.

달리는 중간중간에 차들이 밀려 속도가 조금 줄기는 했지만 아주 막히는 상태는 아니었다. 아주 가까이에서 '빠지직! 쿠광광광!' 하며 엄청난 천둥소리가 들려왔다. 천둥소리가 너무 커서 귀가 멍해지고 소름이 끼칠 정도였다. 핸들을 잡은 신 대리의 손에 더욱 힘이 들어갔다.

'아버지, 조금만 기다리세요. 지금 가고 있어요. 힘내세요. 금방 갈게요.'

터널이다. 터널 안에서는 차들의 속도가 조금 느려졌다. 터널을 빠져나왔다. 비는 여전히 무섭게 퍼붓고 있었다. 잠시 후에 긴 터널이 또 하나 나왔다. 이번에도 터널 안에서는 차들의 속도가 조금 느려졌다. 앞차에서 물방울이 튀며 안개처럼 부서졌다. 터널을 나오자 느려졌던 차들이 다시 속도를 높이기 시작했다. 지금 속도는 시속 80킬로미터다.

'한 시간만 일찍 나왔어도. 이 비를 안 맞고 갈 수 있었는데. 한 시간만.'

그 순간이었다. 지금까지 본 적이 없는 엄청나게 밝은 빛이 바로 눈앞에서 터졌다. 번개였다. 그 번개의 한복판 저 앞에서 차 한 대가 공중으로 붕 뜨더니 한두 바퀴 돌다가 떨어졌다. 곧바로 천둥소리가 고막을 찢었다.

"어! 어!"

신 대리가 짧고 낮은 신음을 토하는 사이, 차들이 연쇄적으로 마구 들이받았다. 신 대리의 차는 앞차를 그대로 세게 때리며 뒤집혔고, 신 대리 뒤의 SUV 차량이 뒤집힌 신 대리 차를 받아 바로 세워 놓고 길옆으로 튕겨 나갔다. 그 뒤로 차 한 대가 또 달려들어 신 대리의 차를 들이받았다. 그 뒤로 또 다른 차가 뒤차를 들이받았다. 그 뒤로 몇 대의 차들이 연속적으로 추돌했다. 신 대리는 '죽는구나!'라고 느꼈다.

"안 돼! 아버지! 아버지! 엄마!"

신 대리는 외마디소리를 연신 내지르며 부모님을 불렀다. 곧바로 아무것도 보지 못하고, 듣지 못하고, 느끼지도 못하며 의식을 잃었다.

신 대리의 20여 미터 뒤에서 다시 한번 번개의 섬광이 '빠지직!' 하며 사고로 뒤엉켜 있는 차들을 후려쳤다. 이어 '우르릉 쿵쾅!' 하며 천둥소리가 지축을 울렸다.

2

'누가 이렇게 클랙슨을 울려대는 거야.'

신 대리의 귀에 자동차 클랙슨 소리가 아득하게 들려오고 있었다. 빵빵대는 것이 아니고 '빠아앙' 하고 계속 누르는 소리였다. 또 옆에서 무얼 두드리는 소리도 들렸다.

'이건 또 무슨 소리야. 누가 무얼 두드리는 거지?'

그때 신 대리가 정신을 퍼뜩 차리며 눈을 떴다. 자기가 자동차 핸들 위에 엎어져 클랙슨을 누르고 있었으며, 누군가가 밖에서 운전석 유리창을 두드리고 있었다.

'이게 뭐야. 지금 내가 뭐 하고 있는 거야.'

창밖의 사람은 계속 유리창을 두드리고 있었다. 창문을

내리면서 그 사람을 쳐다보았다. 몹시 걱정스러운 눈길로 신 대리를 내려다보고 있는 중년 남자와 눈이 마주쳤다.

"괜찮아요?"

"아, 네."

신 대리는 도대체 뭐가 뭔지 알 수 없었다. 그 남자는 계속 신 대리를 내려다보고 있었다. 앞을 보니 차가 한 대도 없고 저 앞의 신호등은 파란색이다. 뒤에는 차들이 길게 늘어서 있다. 언제부터인가 신 대리의 차가 길 한복판에 서 있었던 것이다.

"아, 죄송합니다. 죄송합니다."

이때 신호등이 빨간색으로 바뀌었다. 신 대리는 중년 남자에게 거듭 죄송하다고 하고는 차를 건널목 앞까지 움직였다. 남자는 말없이 자기 차로 돌아갔다. 신호등이 다시 파란색으로 바뀌자 신 대리는 건널목을 건너 일단 길가에 차를 세웠다. 뒤의 차들도 정상적으로 운행되기 시작했다. 신 대리는 상황을 돌이켜보았다.

'아까 분명히 엄청난 빗속에서 외곽 순환고속도로를 달리다가 긴 터널을 빠져나오자마자 대형 교통사고가 일어났어. 분명 죽는구나 싶었고 정신을 잃었어. 그런데 지금 정신도 말짱하고 다친 데도 없어. 아까는 비가 엄청나게 쏟아졌

는데 지금은 잔뜩 흐렸지만 비는 안 와.'

사방을 둘러보니 여기는 의정부 중심가를 벗어난 외곽 지대다. 정확하게는 모르겠지만, 외곽 순환고속도로로 올라서기 조금 전이다. 분명히 한 시간 전에 지나갔던 곳이다. 여기를 지나갈 때쯤부터 비가 억세게 쏟아지기 시작했다.

시계를 보니 2시 50분이다. 아까 3시 50분에 여기를 지나갔는데 지금 차 안의 시계, 손목시계 모두 2시 50분이다. 뭐가 뭔지 도무지 앞뒤가 맞지 않았다. 어떻게 된 상황인지 이리저리 돌이켜보고 있는데, 정신이 확 들며 등줄기가 서늘해졌다.

'아, 아버지. 그래, 아버지가 위급하다고 하셨어.'

신 대리는 마음이 다급해지며 뭐가 뭔지는 나중에 따지기로 하고 병원을 향해 급히 출발했다. 가면서 아무리 생각해보아도 지금의 상황이 이해되지 않았다. '꿈인가? 아니다. 꿈은 절대 아니다. 생시인가? 분명 생시다.' 그러나 지금은 아버지가 위급하니 꿈인지 생시인지 따질 때가 아니었다. 무조건 빨리 가야 했다.

신 대리는 되도록 차를 빨리 달렸다. 터널이다. 차들이 꽤 빠른 속도로 잘 달리고 있었다. 잠시 후에 긴 터널이 또 하나 나왔다. 그 터널도 빠져나왔다. 한 시간 전에 갔던 길과 똑같은 길이다. 속도는 시속 90킬로미터다.

　한 시간 전에 바로 여기서 대형 교통사고가 있었다. 내가 죽는구나 싶었던 사고였으나 지금은 아무 일도 없이 차들이 순조롭게 달리고 있다. 신 대리의 차는 순식간에 사고 지점을 통과했다.

3

병원에 도착했다. 주차장은 입구부터 대기 차량으로 꽉 막
혀 있었다. 태수는 차에서 후다닥 내려 주변을 둘러보았다.
노란 조끼를 입고 있는 직원이 있어 무조건 부탁을 했다.

"죄송하지만 이 차 주차 좀 해주세요. 응급실이 어디예요?"

노란 조끼를 입은 직원이 멀뚱히 바라보며 손가락으로 응
급실 방향을 가리켰다. 태수는 뛰었다. 앞쪽으로 응급실 간
판이 보였다.

'아버지, 제발, 제발!'

달리면서 엄마에게 전화했다. 엄마는 바로 전화를 받았다.

"아빠는요. 어떻게 되셨어요?"

"어디니? 병원에 왔니?"

"네, 지금 막 왔어요. 아빠는요."

"그냥 그래. 중환자실로 옮겼어. 13호다."

"네, 알았어요. 지금 가요."

태수는 물어물어 중환자실 13호에 도착했다. 뛰어 들어오는 태수에게 간호사들이 뭐라고 하는데 태수 귀에는 아무 소리도 들리지 않았다. 저쪽에 있던 어머니가 태수를 보고는 손짓을 했다. 단숨에 침대로 달려간 태수는 산소호흡기를 코에 꽂고 의식 없이 누워 있는 아버지의 손을 두 손으로 꽉 잡았다.

"아버지, 안 돼요. 안 돼요. 이러시면 안 돼요."

아버지는 아무 반응이 없었다. 얼굴은 창백했고, 이대로 돌아가실 것만 같았다. 간호사가 다가와 간단하게 전했다.

"곧 수술실로 들어가실 거예요."

어머니를 바라보았다. 어머니는 넋이 나간 채 아버지와 태수를 바라보고 있었다. 태수는 아버지의 손을 더 힘껏 움켜잡았다.

"안 돼! 아버지! 아버지! 안 돼! 이러시면 안 돼요!"

태수는 울먹였다. 정말 이렇게 아버지가 돌아가시면 안 된다. 어떻게 살아온 인생인데, 어떻게 나를 키운 아버지인데, 이렇게 빨리 허망하게 돌아가실 수는 없었다. 그러나 태수는 할 수 있는 것이 아무것도 없었다. 그저 아버지의 손을 잡고 "아버지! 아버지!" 하고 불러대기만 했다.

이때 태수는 갑자기 자기 몸이 뜨거워지는 것 같았다. 마치 몸 전체가 끓어오르는 듯한 강한 뜨거움을 느꼈다. 곧바로 몸이 떨리기 시작했다. 태수는 몸을 가눌 수가 없었다. 뜨거워진 몸이 마구 흔들리며 경련을 일으키고 있었다. 온몸이 사방으로 마구 흔들리고 있었다.

"태수야! 태수야! 왜 그러니! 애, 애, 왜 이래! 여기 사람 좀 살려주세요!"

어머니의 비명이 터져 나왔다. 간호사가 달려왔다.

그때였다. 태수의 입에서 엄청난 기합이 느닷없이 터져 나왔다.

"이야~압!"

너무나 큰 소리에 사람들은 귀가 떨어져 나가는 듯했다. 간호사는 이 놀라운 상황에 입을 벌린 채 그 자리에 얼어붙은 듯 서 있었다. 태수는 계속 부들부들 떨며 아버지의 손만 움켜쥐고 있었다. 또 다른 간호사가 급히 의사를 불러왔다.

의사 역시 이 기이한 장면에 놀란 표정으로 어찌할 바를 모른 채 바라보고만 있었다. 조심스레 태수에게 다가갔으나 손을 대지는 못했다. 태수가 숨을 한 번 크게 들이쉬더니 다시 기합을 넣었다.

"이야~압!"

태수의 경련은 침대에 누워 있는 아버지에게도 전달되었다. 침대 위의 아버지가 심한 경련을 일으키기 시작했다. 경련은 점점 더 심해지더니 아버지의 온몸을 들썩거리게 만들었다. 태수의 기합 소리가 또 터져 나왔다.

"이야~압!"

두세 사람이 더 달려왔으나 손을 쓸 수 없었다. 중환자실 안에 있던 모든 사람이 이 믿을 수 없는 광경에 정신이 나간 듯 멍하니 바라보고만 있었다. 심한 경련을 일으키며 몸을 가누지 못하던 태수는 그래도 아버지 손을 꼭 잡고 가쁜 숨을 몰아쉬고 있었다. 한 번 더 태수의 기합이 터져 나왔다.

"이야~압!"

병원 사람들이 다 모여든 것 같았다. 병실은 물론 복도까지 가득 채우며 웅성거렸다. 이 이상한 소리는 분명히 저 젊은 사람이 내는 것인데 사람들의 귀에는 아주 먼 곳에서부터 들려오는 듯한 기이한 느낌마저 주었다.

태수의 경련은 더욱 심해지고 덩달아 아버지의 경련도 더 심해졌다. 아버지의 온몸이 심하게 들썩거리고 침대마저 삐거덕 덜커덩 요란스러웠다. 태수의 입에서 한 번 더 기합이 터져 나왔다.

"이야~압!"

아버지의 온몸이 한참 격렬하게 떨리더니 잠시 공중에 떴다가 그대로 침대로 떨어졌다. 다음 순간 아버지가 눈을 번쩍 떴다.

"태수야!"

아버지가 아들의 이름을 불렀다. 태수와 아버지의 경련이 서서히 멈추고 세상은 조용해졌다.

"아버지! 정신이 드세요?"

"응, 그래. 괜찮다. 너 언제 왔니?"

아버지의 목소리나 행동은 너무나 평온했다. 방금 전까지 그 난리를 쳤는데 정작 당사자는 아무것도 모르는 것 같았다.

"아버지, 아무것도 기억이 안 나세요?"

"뭐, 무슨 기억? 맞아! 내가 쓰러졌었지. 그다음에는 아무것도 모르겠네. 그런데 이 방에 웬 사람들이 이렇게 많아?"

태수는 왈칵 울음이 터져 나왔다. 그대로 아버지의 가슴에 엎어져 흐느꼈다. 당황한 아버지는 자기 가슴 위에서 울고 있는 아들의 머리를 쓰다듬어주었다. 병실 안에 있던 사람들이 하나둘씩 흩어져 나갔다. 그들은 기적을 목격한 사람들이었다.

"태수야, 나 괜찮아. 정말 괜찮아. 일어나라. 나 괜찮아."

의학적으로 도저히 설명할 수 없는 장면을 목격한 의사
가 다가와 태수 아버지를 바라보았다.

"아버님, 저 보이세요?"

"네, 잘 보입니다. 의사 선생님 아니세요?"

너무나 어이없는 상황에 의사는 웃는 것인지, 화가 난 것
인지 알 수 없는 묘한 표정을 지었다.

"제 손가락 보이십니까?"

"네, 잘 보입니다."

"제 손가락 끝을 보세요."

의사가 오른손 검지손가락을 이리저리 움직였다. 아버지
의 눈동자는 의사의 손가락 끝을 따라 정확하게 움직였다.
의사가 몇 가지 더 질문과 시험을 해보았으나 아버지는 모
두 정상이었다. 의사는 아버지가 정상이라는 것을 확인해주
고, 간호사에게 몇 가지 지시하고는 병실을 떠났다.

태수와 어머니는 아버지 옆에 바싹 다가앉아 이런저런
말을 걸어보았다. 대답하는 내용이나 말투는 너무나 또렷했
다. 어머니가 아버지의 눈까풀을 뒤집어보려고 하자 아버지
는 웃으면서 어머니의 손을 밀어냈다.

아버지의 상태가 정상으로 돌아온 것에 안도한 태수는 병실에서 나와 휴게실 의자에 털썩 주저앉았다. '다행이다! 정말 다행이다' 하며 심호흡을 몇 번 했다. 그렇지만 방금 일어났던 일을 도무지 이해할 수 없었다.

'어떻게 그런 비현실적인 일이 일어날 수 있어? 내가 도대체 뭘 한 거야? 그런데 아버지가 정상으로 돌아온 건 틀림없어. 두 번이나 뇌경색을 일으킨 분이 저런 상태를 유지한다는 것 자체가 믿을 수 없어.

오늘은 정말 이상한 날이네. 교통사고 순간부터 지금까지 일어난 일들은 정말 생사를 오가는 엄청난 일들이었고, 어느 것 하나 현실 세계에서 있을 수 있는 일이 아니었어. 그러나 어찌 되었든 나는 상처 하나 없이 살아 있고, 아버지도 정상으로 회복됐어. 그것이면 됐어. 사실이 어떻게 된 건지는 알 수가 없네. 알려고 해도 알 수도 없을 것 같네.'

스마트폰에 차를 지하 2층 C-33에 주차시켜놓았다는 문자가 들어와 있었다. 고맙다고 답장을 보냈다. 마음이 좀 가라앉고 진정되는 듯했다. 무심히 휴게실 벽에 걸려 있는 TV에 눈길을 보내고 있는데 갑자기 리포터가 다급한 목소리로 긴급 뉴스를 알리기 시작했다.

"오늘 오후 4시 20분경, 수도권 순환고속도로 사패산터널 송추 방향 출구에서 최악의 교통사고가 발생했습니다. 폭우 속에서 차량 20여 대가 연쇄 추돌하여 현재까지 여섯 명이 사망하고 중상자 십여 명, 경상자가 수십 명입니다. 현장은 아비규환이고 사망자가 더 늘어날 것으로 보입니다."

사고 현장은 보이지 않고 리포터가 자막과 함께 사고 소식만 전하고 있었다. 휴게실 사람들이 모두 화면을 바라보았다.

"큰 사고가 났네."

옆에 앉아 있던 나이 든 분이 놀라움을 나타냈다. 태수는 기가 막히고 어이가 없었다.

'아니, 내가 저기 있었는데. 저거 분명히 내가 당한 교통사고야. 난 저기서 죽었거나 적어도 중상이었어야 해. 그런데 난 지금 여기 잘 있어. 어떻게 된 거야?'

리포터는 한 치의 틀림도 없이 태수가 당한 교통사고를 전하고 있었고, 사고는 4시 20분경에 났다고 했다. 태수는 휴게실 벽에 걸린 시계를 보았다. 지금 4시 50분이고, 손목시계 역시 4시 50분이었다.

'내가 처음 의정부에서 출발한 시각이 3시 50분이었어. 빗속에서 30분쯤 가다가 사고가 났어. 그때가 4시 20분경이었고, 나는 사고로 정신을 잃었어. 지금 뉴스에서 말하는 건 그 사고야. 그리고 지금이 4시 50분인 것도 맞아. 실제로는 다 맞아. 그런데, 나한테만 시간이 이상해. 4시 20분경에 그런 큰 사고를 당한 내가 멀쩡한 상태로 2시 50분에 의정부 외곽에서 다시 출발했던 거야. 3시 50분에 이미 출발했는데, 나도 모르게 내가 한 시간 뒤로 돌아가서 2시 50분에 다시 출발한 거야. 한 시간 간격을 두고 의정부에서 두 번 출발한 거야. 그럴 수가 있어? 이게 말이 돼?'

태수는 고개를 들어 창밖의 풍경을 바라보았다. 여름의 끝자락에서 나뭇잎들이 조금씩 생기를 잃고 있었다.

'2시 50분에 두 번째 출발할 때 정신도 맑았고 기억도 분명해. 그리고 3시 50분쯤에 여기 왔어. 여기 온 지 지금 5분쯤 됐어. 그런데 지금 4시 50분이야. 한 시간이 또 어긋나. 두 번째 출발할 때는 시간이 한 시간 뒤로 갔다가, 지금은 또 한 시간 앞으로 갔어. 2시 50분, 3시 50분, 4시 50분이 뒤죽박죽이야. 도대체 뭐가 어떻게 된 거야.

그리고 저런 사고에서 어떻게 멀쩡하게 살아날 수가 있어. 사고 순간, 난 죽는구나 했어. 그런데 어떻게 다치지도 않고 살아서 다시 운전을 하냐고. 그리고 사고 현장에서 의정부까지는 어떻게 옮겨진 거야? 난 아냐. 난 분명히 아무것도 안 했어. 그 아비규환의 대형 교통사고 속에서 정신을 잃고 다 죽어가던 내가 어떻게 이동할 수가 있어? 무슨 수로?

아버지는 의식을 잃고 쓰러졌고 대단히 위급했어. 그런데 내가 도저히 있을 수 없는 행동을 해서 아버지를 회복시켰어. 그때 나와 아버지한테 일어났던 경련은 뭐고, 내 입에서 터져 나온 소리는 뭐야? 난 그런 기합을 할 줄도 모르고, 들어본 적도 없어.'

말도 안 되는 사건의 연속이었고, 절대로 있을 수 없는 일들이 일어난 것이었다. TV에서는 계속 자막으로 속보를 보여주고 있었다. 태수의 눈은 뚫어지게 TV를 들여다보고 있었지만, 머릿속은 출구 없는 암흑 속의 미로를 헤매고 있었다.

'이게 뭐야. 도대체 어떻게 된 거야. 이것저것이 다 앞뒤가 안 맞고, 말이 안 돼. 아, 내 머리로는 도저히 풀 수가 없네. 이해할 수가 없어. 도대체 뭐가 어떻게 된 거야?'

태수 옆으로 간호사 두 사람이 지나가며 표 안 나게 손가락으로 태수를 가리키며 소곤거렸다. 아마도 조금 전에 중환자실에서 있었던 믿지 못할 장면을 이야기하는 것이리라. 태수는 고개를 절레절레 흔들었다.

'내가 좀 이상해진 거 아니야? 아니야, 그건 아닌 것 같

아. 그러면, 현실이 아닌데 내가 현실로 착각하고 있는 거야? 그것도 아니야. 지금 이 상황은 분명 현실이야.'

태수는 이 상황을 이해하고 파악한다는 것은 불가능하다고 판단하고는 자포자기했다. 끝이 없는 암흑 속으로 추락하는 기분이었다. 태수는 일단 그 비현실적인 일들에 대한 생각은 접기로 했다. 접을 수밖에 없었다. 그리고 지금 상황은 다 좋다. 나도 괜찮고, 아버지도 괜찮다.

'지금 상황이 괜찮으면 됐지 뭐. 뭐가 어떻게 된 건지는 언젠가 알게 되겠지. 그런데, 아, 정말 이상하네.'

태수는 가슴을 진정시키며 휴게실에 조금 더 앉아 있다가 아버지가 있는 병실로 돌아왔다.

"기분은 좀 어떠세요?"

"글쎄, 머리가 조금 띵하기는 한데 몸도 기분도 다 괜찮아. 내가 두 번이나 쓰러졌던 사람이라는 것이 믿기지 않아."

태수는 아버지를 바라보았고, 아버지는 아들을 바라보았다. 서로 지금은 안심의 시간이라는 의미의 웃음을 주고받았다.

"회사일은 어쩌고. 바쁘지 않니?"

"괜찮아요. 연락해야죠."

잠시 후에 태수는 부장에게 전화했다.

"신 대립니다."

"그래, 아버님은 좀 어떠셔."

"위급했는데, 고비를 넘기고 지금은 좋아지셨어요. 지점 일은 잘 마무리됐나요?"

"다행이구나. 여기 일은 걱정 말고. 내일 출근할 거지?"

"네."

"신 대리, 너 충격받았구나. 충격받을 만도 하지. 아버님 은 곧 괜찮아지실 거야. 너무 걱정하지 마. 내일 보자."

"네."

4

다음 날 오후 아버지는 퇴원했다. 태수가 회사에서 조금 일찍 퇴근하여 아버지를 집으로 모시고 왔다. 적어도 하루 이틀 더 병원에 있는 것이 좋을 것 같았으나 병원 측에서는 후유증도 없고, 특별한 이상 징후가 없으니 병원에 더 있을 이유가 없다고 단호하게 통보했다. 일주일 후에 다시 병원에 와서 검진을 받으라고만 했다.

한차례 광풍이 지나가고, 모두가 가슴을 쓸어내린 이틀이었다. 다시 모든 것이 정상으로 돌아왔으나, 태수에게는 풀 수 없는 수수께끼가 남아 있었다. 교통사고와 한 시간의 차이와 아버지의 기적, 세 가지였다.

교통사고와 한 시간의 차이는 어차피 태수 혼자 간직해야 할 일이었으나 병원에서 아버지의 기적은 본 사람이 많았다. 그러나 누구도 그 기적에 대해 말하지 않았다. 태수와 어머니는 아버지의 건강 보호 차원에서 말하지 않았고, 병원에서는 철저한 함구령을 내렸음이 틀림없었다.

　아버지를 모시고 퇴원하여 집으로 돌아온 지 한 시간쯤 지났다. 태수에게 모르는 번호의 전화가 왔다.

　"안녕하세요. 시경 교통과입니다. 신태수 씨 맞나요?"

　"네, 접니다."

　"죄송하지만 몇 가지 질문 좀 해도 될까요?"

　"네, 그러세요."

　"혹시, 어제 오후에 순환고속도로 송추 쪽에서 일어난 교통사고를 아시나요?"

　"네, 알고 있습니다."

　"어떻게 아셨나요?"

　"병원에서 TV를 보고 처음 알았습니다."

　"누가 아프신가요?"

　"아버지가 갑자기 입원하셔서 병원에 있었습니다."

　저쪽에서 한참 동안 말이 없었다.

　"혹시 그날 그 사고 난 길로 지나가셨나요?"

태수는 잠시 망설이다가 대답했다.

"네, 그 길로 지나갔습니다."

"그 길로 지나갈 때 무슨 일이 없었나요?"

"무슨 일이라니요?"

경찰은 아무 말이 없다가 잠시 후에 말을 이었다.

"교통사고 같은 일이요."

이번에는 태수가 아무 말도 못 했다. 그 길을 두 번 지나
갔고, 첫 번째 지나갈 때 교통사고 현장에 있었다고 솔직하
게 말할 수 없었다. 경찰에게 거짓말을 해야만 했다.

"그런 일은 모르겠는데요."

경찰이 또 아무 말이 없다. 이번에는 태수가 물었다.

"그런데 저를 어떻게 알고 전화하셨죠?"

"인근 CCTV에 신태수 씨 차량이 찍혀 있었어요. 그리고
사실은, 그게…….."

경찰이 말을 못 하고 우물쭈물했다. 경찰이 그럴수록 태
수의 가슴은 더욱 오그라들었다. 그러나 그런 표시를 낼 수
는 없었다. 태연한 척해야 했다.

"괜찮아요. 말씀해보세요."

"사실은, 사고 현장에서 좀 이상한 일이 있었어요."

"이상한 일이라니요? 어떤 이상한 일이 있었는데요?"

태수는 움찔했다. 혹시 거짓말을 하고 있다는 것이 탄로라도 나면 어쩌나 하는 걱정이 들었다. 입술이 마르는 것 같았다. 경찰이 결심한 듯 단호하게 말하기 시작했다.

"어제 사고는 차 한 대가 벼락을 맞고 넘어지면서 시작되었어요. 폭우 속에서 시야도 안 좋고 급히 멈출 시간도 없어 연쇄 추돌이 일어난 사고였습니다. 그런데 이상한 것은 최초 사고 차량에서 서너 대쯤 뒤에 있어야 할 차 한 대가 없어요."

태수는 듣고만 있었다. 어제 엄청나게 밝은 번갯불 속에서 차 한 대가 허공에서 돌다가 떨어지는 장면이 생생하게 눈앞에 되살아났다. 그런데 지금은 아무것도 모르는 듯이 경찰의 질문에 답해야 했다. 그때의 상황을 사실대로 말해서는 안 될 것 같았다. 경찰이 말을 이었다.

"분명히 심하게 파손된 차가 한 대 있어야 하는데, 그 자리만 비어 있는 거예요. 운전자나 차가 멀쩡할 수도 없고, 운전해서 나갈 틈이나 시간도 없었을 테고, 수많은 차가 뒤엉켜 있어 그 빗속에서 누가 와서 빼낼 수도 없는 상태였단 말입니다. 딱 차 한 대 들어갈 자리만 비어 있다는 것이 너무 이상해요. 우리로서는 도저히 이해가 안 됩니다. 차가 없으니 운전자도 확인이 안 돼요."

태수나 경찰이나 한참 동안 아무 말이 없었다. 경찰이 또 머뭇거리며 말했다.

"그리고, 이상한 일이 하나 더 있어요."

태수는 가슴이 철렁했다. 아무 말도 못 하고 가만히 있었다. 경찰도 조용했다. 한참 있다가 경찰이 말했다.

"사실은, 그날 신태수 씨 차가 사고 현장 주변 CCTV에 한 시간 간격으로 두 번 찍혀 있었어요. 3시 20분과 4시 20분 전후예요. 3시 20분에 통과한 차는 앞뒤로 추적이 되어 결국 병원으로 들어간 게 확인되었어요. 그런데 4시 20분에는, 터널 안에서는 신태수 씨 차가 보이는데 터널 밖 사고 지점부터는 신태수 씨 차가 안 보여요. 사라진 거예요. 그러니까 우리는……."

경찰이 말을 잇지 못했다.

"계속하세요. 괜찮아요."

"우리는 사고 현장에 비어 있는 차 한 대가 있을 그 자리에 혹시 신태수 씨 차가 있었던 게 아닐까 하는 의문이 가요. 그렇기는 해도, 그 자리에서 어떻게 차가 사라지냐고요. 더구나 신태수 씨는 한 시간 전에 그 자리를 지나갔고요. 그리고 신태수 씨는 사고를 안 당했잖아요."

태수는 아무 말도 못 하고 가만히 있었다. 한참 만에 경찰이 다시 물었다.

"죄송하지만, 신태수 씨는 몇 시에 그 지점을 지나갔나요?"

경찰은 어떻게든 결론을 내려야 했다. 태수의 최후 증언을 듣고 싶은 것이다. 태수의 말이 곧 경찰로서는 사건을 매듭짓는 결론이 될 수밖에 없었다. 태수는 답답했다. 어떻게 대답해야 하나. 사실대로 얘기해야 하나, 거짓말을 해야하나? 대답을 할 수가 없었다. 한참을 기다리던 경찰이 말했다.

"말씀하기 어려우면 안 하셔도 됩니다."

태수는 마음의 결정을 내리고 대답했다.

"제가 거기 지나갔을 때는 3시 20분 전후일 겁니다."

"알겠습니다."

잠시 침묵이 이어졌다. 태수가 물었다.

"제가 무얼 어떻게 해야 하죠?"

"아니요, 신태수 씨가 할 일은 없습니다. 아버님의 빠른 쾌차를 빕니다. 협조해주셔서 감사합니다. 일이 있으면 다시 연락드려도 괜찮겠지요."

"네, 물론입니다. 수고하세요."

30분쯤 후에 경찰에게서 다시 연락이 왔다. 태수가 4시 50분에 병원에 있었다는 것이 확인되었다는 통보였다. 태수는 전화를 끊고 멍하니 앉아 있었다.

경찰도 나와 똑같은 의문을 가지고 있는 것이다. 그러나 그것이 너무 황당하고 비현실적이라 어떻게 해석해야 할지 모르는 것이다. 태수는 어제의 교통사고와 한 시간 차이의 충격이 되살아나는 듯했다.

병원에서 집으로 돌아온 태수네 세 식구는 저녁 식사를 하며 이런저런 얘기를 나누었다. 아버지의 건강은 완전히 회복됐다. 재작년 첫 번째 뇌경색으로 쓰러지기 전보다 더 건강해 보였다. 아버지도 실제로 그렇다고 말했다.

부모님과 이야기를 나눈 다음 태수는 자기 방에 들어가 평소와 마찬가지로 컴퓨터를 하고 책을 보았다. 책을 보거나 컴퓨터를 할 때는 항상 음악을 작게 틀어놓았다. 오래된 습관이다. 미래를 좀 더 확실하게 하기 위해서는 공부를 더 해야 했다. 회계 실무 책을 좀 더 보고, 영어 단어도 좀 더 외워야 했다.

어제 있었던 일련의 불가사의한 일들은 일단 접어두기로 했다. 그것은 너무 이상하고 엄청나서 스스로 어떻게 해보고 알아볼 수 있는 일이 아니었다. 차라리 잊도록 노력해야 할 일이었다. 또다시 어떤 순간이 오면, 그때 가서 다시 생각해볼 문제였다. 거실에서 어머니의 웃음소리와 아버지의

낮은 목소리가 아련히 들려왔다. 내일은 영희를 만나는 날
이다.

5

신태수와 김영희가 사귄 지는 1년 7개월이 되었다. 그때 태수 나이는 스물아홉, 영희는 스물여섯 살이었다. 먼 친척의 소개로 알게 된 두 사람은 서로 충분히 알 수 있는 시간이 지났고, 사랑하고 아끼는 마음도 깊어졌다. 양가의 부모님들도 장래를 약속한 사이로 알고 있었다. 직장에서 좀 더 확실하게 자리를 잡을 때까지 기다려달라는 태수의 말만 믿고 양가 부모님들은 기다리고 있었다.

두 사람은 일주일에 두 번 정도 만났다. 주중에 한 번, 주말에 한 번이었다. 주중에는 퇴근 후에 만나 저녁 식사를 하고 주제가 있는 이야기를 나누거나 영화나 음악회, 공연 등을 보았다. 주말에는 야외로 나갔다. 서울 근교의 유적지나 경치가 아름다운 곳, 분위기가 좋은 곳 등을 찾아다녔다. 사람이 많이 모이는 곳은 되도록 피했다.

두 사람이 사귄 지 두 달쯤 되는 어느 봄날 주말이었다. 점심 전에 만나 김밥과 도넛, 음료수 등을 사 들고 일영으로 갔다. 이곳은 부모님 세대부터 지금까지 MT 장소로 꽤 알려져 있었고, 펜션이 많아 가족이나 직장 단위의 모임 장소로 상당히 인기가 있었다.

큰길에서 갈라진 샛길로 들어서서 시냇물 옆 주차장에 차를 세워놓고는 음식 보따리를 들고 제법 넓은 시냇물을 따라 걸었다. 울긋불긋한 봄꽃들이 물가와 산비탈에 지천으로 널려 있었다. 시냇물을 따라 올라가다보니 네모난 돌로 만든 징검다리가 있었다. 징검다리를 건너 다시 돌계단을 몇 개 오르니 긴 나무탁자와 나무의자가 있었다. 쉬거나 간단한 식사를 하기에 딱 좋은 장소였다.

두 개의 긴 나무탁자 앞의 나무의자 한쪽 끝에는 머리가 흰 나이 지긋한 남자 한 분이 시냇물을 바라보며 앉아 있었다. 두 사람은 건너편 나무의자 끝에 앉아 점심 보따리를 펼쳐놓고는 김밥을 먹고 후식으로 도넛을 하나씩 입에 물었다. 낮은 목소리로 주변 풍경과 시냇물과 날씨 등에 대해 이

야기하고 있었다. 저쪽 끝에 앉아 있는 백발 아저씨에게는
별로 신경을 쓰지 않았다.

그때 징검다리 건너편 시냇물 저쪽에서 남자 한 사람이
나타났다. 이쪽을 한참 바라보더니 징검다리의 돌 하나하나
를 찬찬히 건너오고 있었다. 태수와 영희도 그 사람을 바라
보았다. 태수가 피식 웃고, 영희도 방그레 미소를 보였다.

징검다리를 건너오는 아저씨는 꽤 나이 들어 보였지만
복장이 아주 재미있었다. 하얀 바지에 하얀 구두를 신고 있
었다. 저런 복장은 아마 60~70년대, 아니면 더 이전에 한때
유행하던 패션이 아닌가 싶었다. 요즘 저런 복장을 한 사람
은 정말 보기 드물었다. 통이 아주 넓은 백바지를 펄렁거리
며 코가 뾰족한 백구두를 신은 남자는 돌계단을 다 올라와
백발 아저씨 앞에 섰다.

백발 아저씨는 백바지 아저씨를 힐끗 한번 보더니 다시
시냇물만 바라보고 있었다. 백바지 아저씨가 깐깐한 말투로
백발 아저씨에게 한마디 던졌다.

"어디서 왔다가 어디로 가는 인생이십니까?"

꽤 큰 목소리여서 태수와 영희에게도 다 들렸다.

백발 아저씨가 고개를 들어 백바지 아저씨를 힐끗 보더
니 역시 깐깐한 말투로 대꾸했다.

"구름처럼 왔다가 바람처럼 가는 인생이올시다."

태수는 들고 있던 도넛 조각을 떨어뜨릴 뻔했다.

'무슨 인사를 저렇게 하시지?'

두 어르신 모두 나이가 예순, 아니 일흔은 넘을 것 같았다. 표정 하나 안 변하고 다른 곳을 바라보며 태연스레 문답을 나누었다. 태수의 머릿속으로 '도사'라는 단어가 문득 스쳐갔다.

백바지 아저씨가 물끄러미 백발 아저씨를 내려다보더니 긴 나무의자 한쪽 끝에 걸터앉았다. 그다음에 두 사람은 마치 오랜 친구처럼 중간중간 웃음을 섞어가며 얘기를 나누었다. 목소리가 작아 잘 들리지 않았지만 서예 이야기를 나누는 것 같았다. 어떻게 이런 데서 우연히 만난 사람들이 서예 이야기를 나눌 수 있지? 태수는 정말 의외였다.

"그러니까 잘난 척 그만하고 보여달라니까요."

백발 아저씨가 퉁명스럽기도 하고 장난기 어린 말투로 크게 한마디 했다. 곧바로 백바지 아저씨가 스마트폰을 꺼내더니 열심히 무엇을 찾아 보여줬다. 백발 아저씨가 고개를 끄덕이며 "잘 쓰시네" 하고 인정했다.

두 어르신은 대략 30분 정도 이야기를 나누었다. 태수와 영희는 두 사람의 대화가 들렸다 안 들렸다 했지만 목소리나 어조가 범상한 사람들은 아닌 것 같다고 생각했다. 백바지 아저씨가 일어나더니 태수와 영희 쪽으로 다가와 두 사람 앞에 섰다. 갑자기 태수가 벌떡 일어나더니 큰 소리로 말했다.

"저희들은 자동차 타고 왔다가 자동차 타고 갑니다."

백바지 아저씨가 피식 웃었다. 태수가 도넛을 하나 꺼내 들고 한마디 더했다.

"이거 하나 드시겠어요?"

백바지 아저씨가 도넛은 안 받고 명함을 꺼내 태수에게 건네주었다.

"시간 날 때 한번 놀러 오시오. 두 사람이 아주 보기 좋아요. 정말 잘 어울리는 한 쌍이야! 뭔가 큰일을 할 사람들이네!"

명함을 보니 예상했던 대로 백바지 아저씨는 서예가였다. 백바지 서예가는 백발 아저씨에게도 명함을 건네주고는 이쪽저쪽에 "잘 사시오"라는 인사를 남기고 다시 징검다리를 건너갔다. 징검다리를 다 건너 시냇물 저편에 선 서예가는 이쪽을 보고 손을 흔들었다. 태수와 영희는 일어나 허리를 숙여 인사했다. 옆에 앉아 있는 백발 아저씨는 처음 자세 그대로 앉은 채 팔만 조금 들어 인사를 보냈다.

태수와 영희는 도넛까지 다 먹고 나서 처음부터 그 자세 그대로 앉아 있는 백발 아저씨에게 가볍게 묵례를 하고 그 자리를 떴다. 백발 아저씨는 인사를 받는 둥 마는 둥 여전히 흐르는 시냇물을 보며 무엇인가 골똘히 생각하고 있었다. 두 사람은 일영의 시냇물을 따라 걸었다. 참으로 포근한 날씨였고, 너무나 편안하고 아늑한 계곡과 시냇물이었다.

그날 영희는 태수와 결혼하기로 마음속으로 결정했다. 신비로운 두 어르신과의 만남, 태수의 어수룩하면서 순수한 태도, 태수와 자기와 봄날의 아름다움이 너무나 잘 어울리며 숙명처럼 영희에게 깊은 인상을 남겼고, 그 인상은 영희의 미래를 결정하는 조건으로 다가왔다.

그날 밤, 태수는 인터넷에서 그 서예가를 검색해보다가 깜짝 놀랐다. 우리나라를 대표하는 서예가 중 한 사람이라고 할 수 있는 대단한 서예가였던 것이다. 두 사람은 그 후에 두 번 더 일영의 그 자리에 갔지만 아무도 만나지 못했다. 서예원에 한번 가보고 싶었으나, 왜 그런지 선뜻 나서지 못했다. 그리고 그 백발 아저씨는 누구일까, 무엇을 하는 사람일까 하는 궁금증이 들었다.

6

토요일이다. 태수와 영희는 점심을 먹고 만났다. 지하철을 타고 살곶이다리로 갔다. 조선 초에 건설된, 당시 한양에서 가장 긴 돌다리였다. 태수는 살곶이다리에 얽힌 태조 이성계*와 태종 이방원**의 이야기를 했다.

함흥에서 한양으로 돌아오는 태조를 맞이하기 위해 태종

---

* 조선 건국자. 재세 1335~1408(74세), 재위 1392~1398(6년). 부 이자춘, 모 최씨. 부인 6명. 자녀 8남 5녀.

** 조선 3대왕. 재세 1367~1422(56세), 재위 1400~1418(18년). 부 태조 이성계, 모 신의왕후 한씨. 부인 10명. 자녀 12남 17녀.

이 살곶이다리 앞에 천막을 치고 기다리고 있었는데, 태조가 태종을 보자 곧바로 활을 쏘았다. 태종이 재빨리 나무기둥 뒤에 숨자 태조가 쏜 화살이 나무기둥에 꽂혀 부르르 떨더라는 이야기를 마치 본 듯이 실감 나게 했다. 화살이 꽂힌 다리, 그것이 소리가 변하여 살곶이다리가 되었다는 이야기를 해주었다. 그런데 영희의 반응이 영 시큰둥했다.

영희가 오늘은 좀 이상하다. 잘 웃지도 않고, 목소리에 생기가 없다. 이런 모습을 본 기억이 없다. 무슨 일이 있냐고 물어보기도 그렇고, 아니면 아무 일도 아닌데 태수가 좀 예민하게 느끼는 것 같기도 했다.

두 사람은 돌다리를 천천히 걸었다. 영희는 다리가 참 아름답고 튼튼해 보인다고 했다. 다리 아래로 흐르는 물을 한참 바라보다가 물속의 물고기들을 손가락으로 가리켜보기도 했다. 태수의 손을 힘주어 잡기도 했다.

"이 물은 어디로 가?"

"저 아래에서 한강으로 들어가지."

"그렇구나."

상류 쪽으로 걸어 올라갔다. 흐르는 물이 작은 돌들에 걸려 하얀 거품을 내며 부서지는 모양을 한참 바라보았다. 중랑천과 청계천이 만나는 두물머리 전망대에서는 한가하게

서 있는 민물가마우지와 왜가리도 망원경을 통해 자세히 보았다.

"새들은 저렇게 가만히 서 있다가 배고프면 물고기 몇 마리 잡아먹지. 야, 지금 물고기 잡는다. 한 마리, 두 마리, 세 마리. 꿀꺽, 꿀꺽, 잘도 삼키네. 쟤들은 물고기를 입에 옆으로 물고 있다가 머리부터 삼켜. 그래야 비늘이 목에 안 걸리지."

태수가 호들갑스럽게 떠들어보았으나 영희는 역시 시큰 둥했다. 태수는 이날 조선 초의 왕실 가족사 이야기를 많이 했다. 태조부터 세종대왕*까지 아는 대로 이야기했다. 중간 중간에 자신의 소견도 조금씩 곁들였다.

태수는 태종 이방원을 좋게 평가하는 편이다. 왜냐하면 세종대왕을 왕으로 만들어주었기 때문이다. 태수는 세종대왕의 열렬한 팬이다. 영희는 태수의 이런저런 이야기를 평소와 다름없이 잘 들어주었고 태수의 손을 놓지 않았다. 그것도 조금은 이상했다. 때때로 태수의 손을 놓고 재잘거리기도 하던 영희가 오늘은 태수의 손을 한 번도 놓지 않고 말도 별로 없었다.

---

* 조선 4대왕. 재세 1397~1450(54세), 재위 1418~1450(32년). 부 태종 이방원, 모 원경왕후 민씨. 부인 6명. 자녀 18남 4녀.

"손이 따뜻하네."

"새삼스레 무슨 말씀. 마음이 따뜻하면 손도 따뜻하지."

두물머리를 지나 청계천 하류의 곧은 물줄기를 따라 걸었다. 주변에 사는 주민들은 곳곳에 있는 운동 시설에서 운동도 하고, 자전거를 타고 달리기도 했다. 물가의 갈대와 그 사이사이에 숨어 있는 새들이 문득문득 보였다. 꽤 인기 있었던 드라마의 촬영 장소도 가보았다.

낮은 다리 위에서 연못 같은 물을 내려다보았다. 사람들이 먹이 주기를 기다리는 수십 마리의 잉어가 모여 있었다. 큰 놈은 수면 가까이에 있고 작은 놈들은 그 아래에 있었다. 먹이를 받아먹는 데도 서열이 있는 것이다. 물론 큰 놈들이 더 많이 먹어야겠지.

이 동네 사람들은 너무나 자연스럽게 먹이를 뿌려주고 있었다. 서울에 잉어가 많이 사는 곳은 꽤 있지만 저렇게 큰 놈, 작은 놈이 섞여 있고 마음 놓고 먹이를 주는 곳은 별로 없는 것 같았다.

물과 풀과 새와 다리 구경을 다 하고, 지하철을 갈아타고 오랜만에 주꾸미를 먹으러 갔다. 매콤한 게 맛있기는 한데 국산 주꾸미가 아니라는 것이 조금 마음에 걸렸다. 태수는 자신에게 물어보았다.

'영희가 어디가 어떻게 이상한데. 이상한 거 하나도 없네. 기분이 조금 다른 때도 있겠지.'

데이트를 잘 끝내고 영희를 집까지 바래다주었다. 잘 들어가라고 작별 인사를 하고 막 돌아서는데 영희가 갑자기 물었다.

"아버님한테 언제 말씀드릴 건데."

목소리가 날카로웠다. 순간 태수는 멈칫하며 대답을 못했다.

"언제 말씀드릴 거냐고."

아버지에게 결혼 계획을 언제 말씀드리겠냐고 묻는 것이다. 아니, 그런 것을 왜 지금, 이 순간에 여기서 물어보는 거야. 오늘 태도가 좀 이상하다 했더니 그 일 때문에 그랬나. 태수가 퉁명스럽게 대꾸했다.

"왜 그래. 그걸 지금 여기서 물어봐야 해?"

영희는 아무 말 없이 아파트 입구로 들어가버렸다.

50

7

그날 밤도, 다음 날 낮까지도 영희한테서 연락이 없었고, 태수도 알량한 자존심에 먼저 연락하지 않았다. 저녁에 태수는 마음도 가라앉히고 결혼 문제도 정리해볼 겸 자기 사무실 근처에서 영희 사무실 근처까지 걸어보기로 했다.

마포 공덕동에서 여의도까지다. 비스듬히 떨어지는 해를 바라보며, 끝도 없이 달려오고 달려가는 자동차의 소음을 참아가며 마포대교를 터벅터벅 걸었다. 다리 중간쯤에 전망대가 있었다. 강물과 밤섬, 그 뒤에 아파트들이 줄지어 서 있었다. 오늘따라 붉고 노란 저녁노을은 유난히 찬란했고, 노을과 파란 하늘의 조화는 너무나 아름다웠다.

'그래, 부모님에게 말씀드려야지. 내가 공연히 미루고 있었던 거지. 너무 시간이 길었어. 그런데 결혼이라는 게 좀 부담스럽기는 해. 그래도 어쩌겠냐. 어차피 할 결혼인데 이제 그만 미적거리고 결정을 해야지. 회사에서 좀 더 자리 잡은 다음에 결혼하겠다는 것은 어떻게 보면 핑계잖아. 영희는 오죽 답답하겠냐. 그리고 결혼하면 좋아지는 것도 엄청 많다고 하잖아.'

두 팔을 높이 펴 들고 외쳤다.

"아아, 내 인생의 한 페이지가 넘어가는구나. 새로운 인생이구나. 잘 살아보자! 멋지게 한번 살아보자!"

찬란한 저녁노을을 바라보며 한바탕 소리를 질러댔다. 옆에서 어떤 아저씨도 태수처럼 뭐라고 큰 소리를 질렀다. 마음을 정하고 나니 속이 후련해지고 발걸음도 가벼워졌다. 영희한테는 내일이나 모레쯤 연락하기로 마음을 먹었다.

여의도에 들어섰다. 해가 떨어지고 어둠이 빠르게 밀려왔다. 검은 하늘을 찌를 듯이 아득히 높이 솟아 있는 빌딩들에 드문드문 불이 켜져 있었다. 영희 사무실이 있는 쪽으로 걸어갔다. 일요일이라 거리에는 사람이 거의 없었다.

조금 좁은 길로 들어섰다. 1층에 음식점이나 카페가 있는 빌딩들이 이어져 있었고 손님들이 드문드문 보였다. 영업을 안 하는 곳도 꽤 있었다. 영희네 회사 빌딩을 지나 샛강 쪽으로 방향을 잡았다. 카페와 상점들이 몇 개 있는 건물을 하나 지나갔다.

그런데, 뭔가 이상했다. 뭐지? 몇 걸음 더 갔다. 아무래도 이상했다. 뒤에서 무슨 일이 일어나는 것 같고, 끌어당기는 것 같았다. 앞으로 가서는 안 될 것 같았다. 천천히 돌아서서 왔던 길을 되돌아갔다. 방금 지나쳤던 카페 앞에서 걸음이 저절로 멈추어졌다. 카페는 그리 크지 않았고, 조명이 은은하여 아늑한 분위기를 내고 있었다.

저 안쪽에 영희가 웬 남자와 단둘이 마주 앉아 있었다. 영희는 고개를 조금 숙이고 남자의 말을 경청하고 있었다. 문득문득 조심스럽게 남자를 바라보기도 했다. 영희가 자신이 모르는 남자와 단둘이 이야기를 하고 있다는 사실이 태수에게 심상치 않은 일로 다가왔다. 냉정해보려고 했으나 오히려 심사는 더 비틀어지기만 했다.

'다른 남자를 만날 수 있어. 회사일로 또는 다른 일로. 그런데 영희의 저 자세, 저 태도, 그리고 남자를 바라보는 저 눈길은 뭐야. 온 마음과 정성을 다하는 태도고 눈길이야. 나한테도 저렇게는 안 했어. 저건 보통 일이 아니야.'

남자를 보았다. 멀어서 잘 보이지 않았지만 태수와 비슷한 나이인 듯했다. 곧게 허리를 펴고 진지한 자세로 영희에게 무어라고 말하고 있었다. 말을 많이 하는 것 같지는 않았다.

'나한테 말도 안 하고 일요일 저녁에 여기까지 와서 내가 모르는 남자를 만난다는 건 너무 이상한 일이야. 나에게 비밀이 있었고, 나에게 이중성을 보였던 거야. 이건 있을 수 없는 일이고, 말이 안 되는 얘기야.'

태수의 가슴에 의혹의 회오리바람이 몰아쳤다. 가로수에 기대섰다. 가슴에서 어떤 덩어리가 치밀어 올라와 머릿속에서 멈춰 선 듯했다. 땅이 흔들리는 것 같았고 어지러워 가로수에 기댄 몸에 힘을 더 주었다.

태수는 이것이 분노인지, 좌절인지 알 수 없었다. 말로 표현할 수 있는 것이 아니었다. 지금까지 살아오면서 이렇게 황당하고 해괴망측하고 더러운 기분을 느낀 것은 처음이었다.

'도대체 이게 무슨 일이야. 요새 왜 이래. 며칠 전에는 내가 죽다가 살아났고, 아버지가 죽다가 살아나셨고, 시간이 달라지고, 이제는 영희마저 저러고. 이게 무슨 일이야. 도대체 세상이 어떻게 돌아가고 있는 거야. 아, 모르겠다. 모르겠어. 그런데, 영희가, 영희마저 저럴 수는 없어. 아니, 우리 사이가 뭐야.'

온몸에 힘이 쫙 빠지며 그대로 주저앉고 싶었다. 그러나 주저앉지는 않았다. 힘겹게 그 카페 앞을 떠나 다시 마포대교 쪽으로 방향을 잡고 천천히 아주 천천히 발걸음을 옮겼다. 왔던 길을 되돌아 건너편 인도로 다리를 건너기 시작했다.

건너편에도 다리 중간쯤에 전망대가 있었다. 전망대 난간을 붙들고 새카만 강물을 내려다보며 서 있었다. 한 시간 전만 해도 찬란한 노을을 바라보며 결의에 차서 미래를 구상하고 이 다리를 건넜는데, 한 시간 만에 세상이 캄캄하게 변했고, 마음은 공허하게 텅 비어 있고, 머릿속에는 의문만 가득 찼다.

'세상이 왜 이러니. 뭣 때문에 이렇게 이상하게 돌아가니. 도대체 뭐가 어떻게 돌아가는 거야.'

한참 동안 그렇게 다리 난간을 붙들고 서 있던 태수는 '침착하자, 침착하자' 하며 마음을 가라앉히려고 노력했다. 조금씩 시간이 지나면서 머릿속이 정리되고 가슴의 열기도 점차 식는 것 같았다. 앞뒤 정황을 다시 돌이켜보니 지금 이 상황에서 영희만 탓할 일이 아닌 것 같았다.

'나도, 나도 영희한테 말하지 않은 것이 많잖아. 송추에서의 교통사고, 한 시간의 차이, 경찰과의 전화, 아버지의 회복, 뭐 하나 영희한테 말해준 게 없잖아. 그래, 영희도 무슨 사정이 있을 거야. 나한테 말도 못 하고 그 남자와 마주 앉아 이야기를 들을 수밖에 없는 무슨 사정이 있을 거야. 시간이 지나면 말해주겠지. 그리고 나도 내 얘기를 해야겠지.'

태수의 마음이 점차 진정되기 시작했다. 조금 전만 해도 곧 무슨 일이라도 저지를 것 같은 분노와 좌절 속에 있었지만, 짧은 시간 안에 다시 이성을 찾은 것이다. 그래도 태수가 도저히 끊어낼 수 없는 이 연속적인 수수께끼의 실타래에 꽁꽁 묶여 의문의 소용돌이 속에서 허우적거리고 있는 것은 틀림없는 사실이었다.

"여보세요, 여보세요."

뒤에서 누군가가 다급하게 불렀다. 경찰 두 사람이었다. 곧 달려들어 붙잡을 듯한 기세였다.

"네? 왜 그러세요?"

"괜찮으세요? 뭐 도와드릴 일이 없습니까? 어떤 사람이 혼자 다리 위에서 오래 서 있다고 신고가 들어와서요."

태수는 상황을 짐작했다. 다리 난간을 붙들고 오래 서 있으니 투신이라도 할 것 같아 누가 신고를 했다는 이야기였다.

'투신이라니. 아니지, 나는 아니지. 나는 이 세상에서 오래 살 거야. 비록 조금 전과 같은 터무니없는 상황이 벌어진다 해도 나는 그 위기를 어떻게든 극복할 길을 찾지, 투신

같은 것은 안 해. 인간의 생명이 얼마나 소중한 건데, 그걸 스스로 끊어? 그건 아니지. 절대로 아니지.'

그러나 조금 전의 자신의 모습을 다른 사람이 보면 그런 추측을 충분히 할 수 있을 것 같았다.

"아니요, 괜찮아요. 머리 아픈 일이 좀 있어서 식히려고요."

태수는 천천히 다시 마포 쪽으로 걸어갔다. 경찰차가 경광등을 번쩍거리며 천천히 다리 끝까지 따라왔다. 공연히 경찰에게 수고를 끼치는 것 같아 미안하기도 했다. 어느 사이에 마포대교를 다 건너 사람들이 많은 대로로 들어섰다. 경찰차는 경광등을 끄고 저쪽으로 소리 없이 사라져갔다.

2´

지상의 세계

1

지난 10여 년 동안 연속적으로 세계를 덮친 팬데믹이 인류를 극도의 좌절과 공포로 몰아넣었다. 코로나19부터 악화된 세계적 질병은 P 바이러스로 전 인류의 긴장감을 더욱 고조시키더니 급기야 AW(All World) 바이러스가 창궐하여 전 세계에 치명타를 가했다.

AW 바이러스에 의한 질병은 물을 통해 전염되는 수인성 전염병이었다. 그러나 기존의 수인성 전염병과는 차원이 달랐다. 지금까지의 수인성 전염병은 식수를 통해서만 감염되었으므로 물을 끓이거나 정제하여 마시면 감염되지 않았다.

AW 바이러스 질병은 오염된 식수는 물론, 오염된 물에

10초 이상 접촉하면 피부를 통해서도 감염되었다. 그러나 끓이거나 정제된 물을 식수로 사용하면 감염되지 않았고, 생활용수도 소독한 후에 사용하면 감염되지 않았다.

이 질병은 간에서 증세가 나타나 급성간염 Z형으로 발전하여 사망하게 하거나 중증의 간경변증에 이르게 했다. 특히 간이 약하거나 간에 질병이 있는 사람에게 치명적이었다. 감염 5~6일 후부터 간염 증세가 나타나 대략 삼사 주일 후에 사망에 이르렀다. 치명률은 오염된 물을 마셔서 감염된 경우에는 20퍼센트 내외, 피부감염의 경우에는 5퍼센트 내외였다.

AW 바이러스는 바닷물에서는 검출되지 않았다. 그러나 지구상의 모든 담수에서 검출되었다. 강물, 호수 물, 심지어 빗물에서도 검출되었다. 이 바이러스는 어패류나 수중식물에는 영향을 미치지 않았고, 오직 인간에게만 질병을 일으켰다.

AW 바이러스 질병에 의한 사망자 수는 과거 14세기에 유럽 인구의 3분의 1 이상이 사망한 페스트, 16세기 남미의 거의 전 인구가 사망한 천연두, 1800년대 초까지 유럽 인구의 4분의 1이 사망한 결핵, 1817년 이후에 인도에서 전 세계로 전파되어 수백만 명이 사망한 콜레라, 1918년부터 2년 동안 진 세계에서 5천만 명 가까이 사망한 스페인 독감 등의 사망자 수를 훨씬 뛰어넘었다.

최초의 사망 환자로부터 1년 4개월이 지난 현재까지 전 세계에서 1억 1천만 명 이상이 이 질병이 직간접 원인이 되어 사망했다. 식수와 생활용수 사용에 극히 주의를 기울인 결과 사망자 수가 크게 줄어들고 있었으나 AW 바이러스 완전 종식까지는 시간이 더 필요할 것으로 보였다.

두세 종의 백신이 개발되었으나 거의 효과가 없어 무의미했고, 최근 개발된 치료제는 심한 부작용이 보고되고 있어 투여에 상당한 어려움을 보이고 있었다. 이 질병은 치료보다 예방이 강조되었으나 아직도 방심으로 인한 감염이 적지 않았다.

질병과 함께 심리적 공포도 인류를 압박했다. 사람들은 삶의 의욕과 생활의 활력을 잃었으며, 도처에서 자포자기에 의한 자살, 타살이 폭증했다. 폭력, 약탈, 성범죄 등의 각종 사회적 범죄가 만연하고 상습화된 곳도 있었다. 경찰력 등 국가의 통제력이 미치지 못하거나 국가기관이 아예 통제를 포기하는 경우도 볼 수 있었다.

그러나 인류는 언제나 그러하듯 절망하거나 포기하지 않았다. 끝까지 희망을 찾아내고자 하는 의지가 있었다. 그리

63

고 인류에게는 항상 행운이라는 것이 따라다녔다. 페니실린의 발견으로 많은 생명을 구했듯이, 전혀 예상치 못한 곳에서 AW 바이러스의 새로운 자연 치료제가 등장하여 인류를 구원할 계기를 마련했다. 이 자연 치료제는 우연히 한국에서 발견되었다.

20대 후반의 한의사 한 사람이 순천에서 공중보건의로 복무하고 있었다. 서울에서 내려온 이 한의사는 이곳에 배치되자 처음에는 약간의 불만을 가졌었다. 그러나 몇 달 지나지 않아 이곳에 배치된 것을 천운이라고 생각하게 되었다. 이곳의 자연이 너무 아름답고 사람들이 착하고 순박하여 세상에 이런 곳이 있을까 싶을 정도였다. 그는 공중보건의 복무가 끝나도 서울로 돌아가지 않고 이곳에 터전을 잡을 작정을 하고 있었다.

이곳에는 산과 강과 바다가 모두 있었으며, 그것들이 환상적으로 아름다운 조화를 이루고 있었다. 봄철 섬진강가에 매화꽃이 만발한 시기에 그는 산과 꽃과 물이 빚어낸 풍경을 보고 너무 아름다워 기절하는 줄 알았다고 말하기도 했다.

이 일대의 음식 또한 특별했다. 여러 음식 중에서도 섬진강가의 재첩국, 그것은 그가 평생 먹어본 음식 중 가장 기억에 남았다. 그는 다른 곳에서는 이런 음식을 먹을 수 없을 것이라고 확신하고 있었다. 아직 미혼인 그는 시간이 날 때마다 발길이 닿는 대로 이 일대를 돌아다녔다. 보면 볼수록, 시간이 가면 갈수록 마음에 들고 매력적인 곳이었다.

순천, 광양, 하동은 바로 이웃이며 매실의 주산지였다. 어느 주말에 한의사는 하동의 한 매실 농장에 들렀다가 농장 직원과 이런저런 이야기를 나누게 되었다. 이야기 도중에 농장 직원이 이 근처에서는 단 한 사람의 AW 바이러스 환자도 발생하지 않았다는 소식을 알려주었다.

처음 듣는 순간에는 무심했으나, 그는 한의사였다. 곧바로 직업의식이 발동하여 다그쳐 묻기 시작했다. 온 나라, 온 세상이 AW 바이러스로 고통받으며 쓰러지고 있는데 이곳에는 단 한 사람의 환자도 발생하지 않았다니 믿을 수가 없었다.

더구나 여기에는 섬진강이 있고, 작은 시냇물도 꽤 있어 비교적 물이 많은 곳이다. AW 바이러스 환자가 이곳에 없다는 직원의 이야기는 사실이 아니고 그저 떠도는 풍문일 것 같기도 했다.

한의사는 사실을 확인하고 싶어 '정말이냐, 확실하냐?' 하며 농장 직원을 몰아세웠다. 농장 직원은 그냥 던진 한마디에 한의사가 정색하며 심각한 표정으로 질문을 퍼붓자 조금 놀라며 아는 대로 들은 대로 말해주었다.

한의사는 마음이 다급해졌다. 당장 다음 월요일에 해당 보건소에 연락해 물어보았다. 사실이었다. 이 일대에는 AW 바이러스 환자가 단 한 명도 없다는 것이었다. 보건소 직원은 자기도 이 일대에 환자가 하나도 없다는 것이 이상하다고 자신감 없는 목소리로 말했다. 덧붙여 이곳의 수질 검사 결과 다른 곳과 마찬가지 수준의 AW 바이러스가 검출되었다고 알려주었다.

한의사는 양의와 보는 시각이 다르다. 그들은 약재를 자연에서 찾고, 치료보다 예방이 우선이다. 그리고 양의들과는 달리 확실한 과학적 근거가 빈약하더라도 어느 정도 추론을 가지고 치료 방법을 찾기도 한다.

'이곳이 다른 곳과 무엇이 다를까? 물이 아니라면 산, 강, 바다, 공기? 그렇게 막연한 건 아니야. 사람들 체질? 성격? 그런 것도 아닐 거야. 그럼, 음식? 음료수?'

며칠을 고민해보았으나 답이 나오지 않았다. 답답했다. 주말이 되자 지난주에 갔던 그 매실 농장에 다시 갔다. 지난주에 얘기를 나누었던 직원은 그날은 근무를 안 한다고 했다. 그는 농장의 그늘막 아래 의자에 앉아 눈앞에 가득한 매화나무와 그 일대의 풍경을 하염없이 바라보았다. 어느 순간에 시선이 매화나무에 꽂혔다.

'매화나무, 매화나무, 매화, 매화, 매실? 매실?'

여러 갈래로 떠오르던 추측이 마침내 하나로 집중되었다.

'혹시, 혹시? 매실이 아닐까? 여기는 매실 주산지고 매실이 많다. 매실은 과거부터 약재로 써왔다. 매실에 어떤 비밀이 있는 게 아닐까? 매실에 AW 바이러스 치료 성분이 있는 게 아닐까? 그래! 그럴 수도 있다!'

그는 등줄기를 타고 흐르는 전율을 느꼈다. 한참을 더 궁리하던 한의사는 마침내 나름대로 매실이라는 답을 얻었다. 남은 것은 실천이었다. 그러나 아직 젊은 지방 보건소의 보건의로서 당장 실천할 수 있는 일은 없었다. 경험, 지식, 인맥, 경제력, 모든 것이 부족했다. 그는 대학 시절에 자기를 지도해주고 지금은 은퇴한 교수에게 망설임 없이 연락했다.

"교수님, 안녕하세요. 갑자기 전화드려 죄송합니다. 저 ××학번 유민호입니다. 기억하시겠어요?"

"유민호, 가만있자, 미안하네. 이제 나이를 먹으니까 기억력이 자꾸 흐려져서."

"건강하셔야지요. 아직 할 일이 많으신데요."

"할 일은 무슨, 허허허허. 아니, 그런데 무슨 일로 이렇게 갑자기 전화를 주셨는가?"

유민호는 이 일대에는 AW 바이러스 환자가 없으며, 외지에서 온 환자도 몇 주 요양을 하고 나면 완치되었다고 서두를 꺼냈다. 그런 성과에도 불구하고 아직 그 원인이나 경과에 대해 아무도 관심을 가지지 않는 것 같다고 약간 들뜬 목소리로 말했다.

유민호는 이곳이 매실 주산지라는 점을 강조했다. 결론적으로, 매실과 이 질병에 어떤 연관이 있지 않을까 하는 추측이 든다고 말했다.

교수가 질문할 시간도 주지 않고 젊은 한의사는 일사천리로 자기 얘기만 했다. 전화 건너편의 은퇴 교수는 아무 말도 하지 않고 유민호의 얘기가 끝날 때까지 듣기만 했다.

"거기가 어디라고? 그래, 내일 내가 내려가겠네."

"내일이요? 그렇게 빨리요?"

"이 사람아, 지금 자네 말투는 당장 내려오라는 거였네."

"그랬나요? 죄송합니다. 감사합니다."

스승 교수는 다음 날 바로 순천으로 내려왔다. 공중의 근무지 이웃에 숙소를 마련했다. 며칠 동안 자료와 표본을 신중하게 검토하고, 그 일대의 자연 지형과 풍토까지 소상하게 살펴본 교수는 어떤 확신이 섰는지 한의, 양의, 약사를 막론하고 뜻이 통할 만한 사람들을 불러 모았다.

세 명의 은퇴 교수들이 배낭을 하나씩 짊어지고 모였다. 모두 약간의 긴장감과 기대감을 동시에 보여주었다. 교수들은 사비를 모아 공중의 근무지 옆에 자그마한 임시 연구소를 하나 마련했다.

은퇴 교수들은 매일 낮에는 매실 농장을 돌아보고 저녁에는 심도 깊은 토론을 했다. 어느 날은 열 명 가까운 사람들이 모여 진지하기 이를 데 없는 토의를 벌였다. 그러나 그들에게는 실험실이 없었고, 더구나 연구를 발전시킬 자료나 근거나 표본이 턱없이 부족했다. 그들은 현재로서는 오로지 임상 실험뿐이라는 잠정적 결론을 내렸다.

일단 매실을 주성분으로 하는 음료수를 만들어 실험했다. 매실 전문가를 초빙하여 농도와 숙성 기간 등에 대한 자문을 듣고, 다양한 방식으로 매실차를 만들어 기존의 매실차와 더불어 환자들에게 복용시키기로 방향을 잡았다. 매실은 부작용이나 후유증이 없을 것이라는 전제에서였다.

매실이 AW 바이러스에 특효약이고, 그래서 전국의 유명한 교수들이 단체로 순천으로 내려와 매실로 바이러스 특효약을 개발하고 있다는 소문이 약간 과장된 상태로 그 일대에 빠르게 퍼졌다.

시청의 공무원들이 들락거리고, 지방의회 의원도 몇 사람 왔다 갔다. 시청에서는 어떠한 지원도 아끼지 않겠다며 호언장담했고, 실제로 전담 공무원을 하나 붙여주는 등 상당한 지원을 해주었다.

그러나 지금은 가을이다. 재고로 가지고 있던 매실로 시제품을 만드는 데에는 한계가 있었다. 여기저기서 헌신적인 지원이 있었으나 은퇴 교수 몇 사람이 연구 시설도 없는 곳에서 성과를 이루어내기는 쉽지 않았다. 그러는 동안에도 꾸준히 매실 음료 사례를 추적해본 결과, 매실 음료 또는 매실 식품이 AW 바이러스에 효과가 있다는 것은 분명해졌다.

한국 매실은 1년에 한 번, 오뉴월에 열매를 맺는다. 햇매실이 나오는 내년 봄까지 기다려야 했다. 어느 사이엔가 섬진강 양옆과 남해안의 사람 손이 덜 닿은 어설픈 잡목지는 새로 심은 매실나무로 뒤덮였다.

이 소식은 순식간에 전국으로 퍼졌고, 전국의 매실이 들어간 식음료는 어느 사이에 모두 동났다. 계속해서 반가운 소식이 들려왔고, 매실차를 하루 석 잔씩 마신 환자들은 일주일 후에 50퍼센트 내외의 치유율을 보였다.

매실차가 AW 바이러스의 예방과 치료에 상당한 효과를 보인다는 결론은 더욱 분명해졌고 각종 연구 기관이나 의

료계에서도 인정하기 시작했다. AW 바이러스를 극복할 수 있다는 희망이 전 국민을 들뜨게 했다.

매실 광풍이 불었다. 매실차뿐 아니라 매실 관련 제품들은 눈을 씻고 찾아보아도 국내 매장 어디에도 없었다. 덩달아 매실 제품의 암거래가 이루어졌고, 가짜 제품도 기승을 부리기 시작했다.

이 소식은 곧바로 전 세계에 퍼졌다. 전 세계의 매실 음료수가 며칠 사이에 품절 상태가 되었다. 그러나 다른 나라에서는 사정이 달랐다. 매실을 비교적 많이 생산하는 중국에서 매실차의 완치율은 10퍼센트 내외였고 다른 나라들도 비슷했다. 그러나 사실 10퍼센트의 치유율도 대단한 것이었다. 세계는 매실 이야기로 가득 찼다. 전 세계에서 매실을 생산하는 나라는 많지 않았다. 매실 생산국들은 기세가 등등했고 내년 매실 수확기만을 학수고대하고 있었다.

다음은 제약회사 차례였다. 몇몇 제약회사는 매실 연구에 사활을 걸었다. 온갖 수단과 방법을 동원하여 매실을 긴급 구매하여 시제품을 만들고 실험했다. 그러나 원료 자체가 희소하여 연구에 한계가 있었다.

매실의 성분을 극도로 정밀하게 분석하여 화학제품을 만들어보았으나 효과가 미미했다. 화학적으로 대량생산된 매실 치료제는 아직 자연 매실의 오묘한 효능을 따라갈 수 없었다. 제약회사들은 매실뿐 아니라 매화나무 전체를 연구하기 시작했다. 뿌리, 줄기, 가지, 잎까지 세밀하게 분석하고 연구했으나 결과물이 나오기까지는 아직 요원했다.

한국 남해안 일대에서 생산된 매실차가 완치율 50퍼센트를 기록했으나 그 매실차는 이제 어디에서도 찾아볼 수 없었다. 내년 봄까지 기다려야 했다. 내년 봄 남쪽 섬진강 주변에서 벌어지는 매화 축제는 대단할 것이라는 예상이 무성했다.

그 무시무시했던 AW 바이러스는 한국산 매실로 인해 진정세로 돌아섰고, 치료의 길이 분명하게 드러났다. 매실 농장과 제약회사들과 국민, 세계인들이 모두 희망과 기대를 감출 수 없었다. 인류는 다시 한번 대규모 질병에 승리를 거둘 수 있게 되었다.

질병 극복의 길은 찾았다고 볼 수 있었으나 AW 바이러스가 남긴 상처는 크고 깊었다. 이 상처가 언제 완치될지 알수 없었으며 영원히 치유되지 못할 수도 있었다. 물을 통해 질병이 전염되므로 물의 관리가 철저해야 했다. 그러나 식수, 생활용수를 제대로 관리할 능력을 갖추지 못한 국가들도 많았다.

AW 바이러스로 인해 가장 현실적 어려움에 부닥친 분야는 경제였다. 코로나19부터 10년이 넘는 경제활동의 제약으로 일부 국가들은 국가 재정이 파탄 날 지경이었다.

2

"동무들, 대체 뭣들 하고 있는 거요. 남조선은 저렇게 치료약도 만들고 떼돈을 번다는데 동무들은 뭐 하는 인간들이냐 말이오. 뭐 한다고 꼬박꼬박 세끼 밥은 먹고 있는 거요."

지도자 동지의 호통에 다른 다섯 명의 회의 참석자들은 아무 소리도 못 하고 고개를 똑바로 쳐들고 눈앞의 벽만 뚫어지게 바라보고 있었다.

"대책을 좀 말해보라우요, 대책을."

다섯 동무들은 눈도 깜빡이지 못했다.

"한 동무, 어디 말 좀 해보라우요."

"예, 지도자 동지. 기리니끼니, 그거이가, 그거이가."

한 동무는 제대로 대답을 못 하고 우물거리기만 했다.

이 회의는 북한의 국가 최고 결정 기관이다. 대외적으로는 전혀 알려지지 않았으나 실제로 국가를 운영하는 것은 이 회의다. 그들끼리는 이 모임을 5인 회의라고 불렀다. 5인은 각자 국가의 적당한 고위직에 재직하고 있었으나 그것은 표면적인 직함이고 실제로는 이 회의에 모든 것을 걸고 있었다.

"기래, 어제는 몇 명이나 죽었소."

"서른한 명입네다."

"애꿎은 인민만 죽이면 뭐 하오. 어떻게 해결 방안을 마련해보라우요, 해결 방안을."

지도자 동지는 테이블을 탕탕 치며 소리를 버럭버럭 질러댔다.

오랜 팬데믹과 강대국들의 경제 지원 중단 등으로 지금 북한의 상황은 최악이다. 기본적인 의식주조차 해결되지 않은 상태에서 엎친 데 덮친 격으로 AW 바이러스까지 겹쳐 인민들의 삶은 고통 그 자체였고, 이곳은 지옥이나 다름이 없었다. 정치적 선동과 광고만으로는 이 난관을 극복하기 어려웠다.

시급한 문제는 AW 바이러스였다. 발생 환자 현황, 치명

률, 전체 사망자 숫자조차 파악하지 못하고 있었다. 예방 조치는 미흡했고, 치료 방법은 전혀 알지 못했고, 의료 체계와 관리 체계는 총체적으로 붕괴되고 있었다. 질병은 가혹하게 전국을 휩쓸며 당국자니 인민을 절망의 구렁텅이로 몰아넣고 있었다.

이런 가운데 자포자기한 인민들이 소요를 일으키기 시작했다. 수용소 몇 군데서 작은 소요가 있었으나 가담자 전원이 현장에서 총살되자 잠잠해졌다. 그러나 수용소 소요는 다시 일어나기 시작했고 점차 폭동화되어갔으며 가담자도 늘어났다. 수용소의 폭동은 여전히 현장 총살로 종결되었다.

인민들의 소요는 수용소 밖 도시와 농촌에서도 일어나기 시작했다. 압록강 하류의 작은 도시 한 곳에서 시작된 소요는 강을 따라 점차 지역이 확대되었다. 이 지역은 경공업을 중심으로 하는 작은 가내공장들이 있는 도시 지역과 압록강물로 농사를 짓는 농촌 지역으로 이루어져 있었다. 이 지역에서의 소요 가담자는 총살이 아니라 공개된 장소에서의 잔혹하고 무자비한 구타에 의한 즉결 처분이었다.

폭동은 수용소, 도시, 농촌 등 여러 곳에서 동시다발적으로 일어났고 가담자들의 계층도 다양했다. 관련자는 모두 총에 맞거나 맞아 죽었다. 그래도 무질서하고 무대책의 폭동은 연이어 일어났다. 굶어 죽으나, 전염병으로 죽으나, 총에 맞아 죽으나, 몽둥이로 맞아 죽으나 죽는 건 마찬가지라는 것이 절망한 북한 인민들의 심정이었다. 폭동과 즉결 처분, 그것이 현실이고 전부였다. 현재 북한에서는 죽는 것이나 사는 것이나 별 차이가 없었다.

시간이 지나면서, 총구와 몽둥이 앞에서 폭동은 점차 가담자 수가 줄어들고 진정되기 시작했다. 이렇게 사느니 차라리 죽는 것이 낫다고 생각하고 폭동을 일으켰으나 역시 죽는 것보다는 이렇게라도 사는 것이 낫다고 마음을 바꾸었기 때문이다.

5인 회의는 계속되고 있었다. 무거운 침묵이 한없이 흘렀다. 양 동무가 천천히 일어섰다. 모든 시선이 그에게 쏠렸다.

"지도자 동지, 하루만 더 시간을 주십시오. 내일까지 대책을 마련해보도록 하겠습네다."

조용했다. 긴장된 침묵이었다.

"좋소. 내일 다시 모입세다."

오늘은 9월 12일 월요일이다.

3

오전에 북한에서 5인 회의가 열리던 그날 저녁, 영희는 막 퇴근해서 지하철역으로 가는 길이었다. 그 남자가 눈앞에 나타나 지금 빨리 집으로 가서 가족을 모두 데리고 광화문 세종대왕 동상 앞으로 오라고 했다.

그리고 태수에게도 연락하여 그 집 식구들도 모두 같은 장소로 나오게 하라는 것이었다. 몹시 급하니까 서두르라고 말했다. 이유를 묻거나 거부할 수 없는 강한 명령이었다.

"네."

영희는 짧게 대답하고, 곧바로 태수에게 전화했다.

"지금 빨리 부모님 모시고 광화문 세종대왕 동상 앞으로

와. 빨리. 우리 부모님도 모시고 갈 거야."

태수는 가슴이 철렁했다. 이틀 만에 전화하더니 한다는 얘기가 부모님 모시고 지금 당장 광화문으로 오라니. 자기 부모님도 모시고 온다고? 뭐라고 한마디라도 물으려는데 영희의 목소리 톤이 높아졌다. 전에는 들어본 적 없는 단호한 목소리였다.

"빨리, 빨리!"

그리고 전화는 끊어졌다.

'이건 또 무슨 일이야. 도대체 무슨 일이 일어난 거야.'

'빨리, 빨리!'라는 영희의 명령이 귓가에서 맴돌았다. 분명히 또 무슨 일이 일어난 거다. 내가 이해할 수 없는 또 다른 엄청난 일이 벌어지고 있는 거다. 아주 무거운 무엇이 온몸을 짓누르는 것 같았다.

송추에서의 교통사고 이후 세상은 태수가 알 수 있는 범주 밖에서 움직이고 있었다. 태수는 이제 이유를 따지지 않기로 했다. 태수는 곧바로 집으로 갔다. 어머니는 계셨지만 아버지는 안 계셨다. 아버지에게 계속 전화하시라고 말하고는 차를 급하게 운전해서 광화문으로 갔다.

날은 이미 어둑어둑해졌다. 광화문에 도착해 세종대왕 동상 앞으로 갔다. 그 남자가 거기 있었다. 지난번 카페에서 영희와 이야기를 하던 그 남자였다. 날이 어두워졌는데도 그 사람은 금방 눈에 띄었다. 마치 몸에서 빛이 나는 것 같았다. 태수는 고개를 갸우뚱하며 '뭐지?' 했으나 이내 그 의문을 지워버렸다. 눈에 보이는 것만이 진실이고 전부다.

"왔는가."

그 남자는 태수를 보자 짧은 인사를 했다. '왔는가'라니. 아니, 나를 언제 봤다고 반말이야. 반말 정도가 아니라 아주 아랫사람 대하듯 했다. 그러나 태수는 '왜?'라는 의문을 가지지 않기로 이미 결심한 바 있다.

"네."

태수 역시 짧게 대답했다. 그 사람은 자그마한 체구에 처음 보는 이상한 옷을 입고 탕건 같은 작은 모자를 쓰고 있었다. 나이는 태수하고 비슷한 것 같기도 한데, 어떻게 보면 아주 나이가 많아 예순 살이 넘은 것 같기도 했다. 몸가짐은 바르고 동작에 절도가 있었다. 그리고 똑똑해 보였다. 하여튼 참 이상한 사람이었다. 태수의 눈이 그 사람의 눈과 마주쳤다.

'아, 저 눈! 저 눈빛!'

태수는 갑자기 온몸이 녹아내리는 것 같았다. 저것이 어찌 사람의 눈일 수 있는가. 눈빛이 부드러운 파장을 일으키며 오묘하게 마음으로 파고드는 것 같았다. 내 눈을 보고 있었으나, 실제로는 나의 마음을 파고들어오는 것 같은 느낌이었다.

그 사람의 눈빛과 태도는 감히 거역할 수 없는 권위와 의지를 보여주고 있었다. 일찍이 본 적도, 상상할 수도 없는 사람의 모습이었고 눈빛이었다. 내가 이렇게 꼼짝도 못 하겠는데 영희는, 영희가 어떻게 저 눈길을 감당할 수 있었겠느냐 말이다. 태수는 갑자기 영희가 안쓰러워졌다. 그리고 또다시 이해할 수 없고 터무니없는 엄청난 일에 부닥쳤다는 사실에 두려움마저 들었다.

해는 이미 졌고 주변에는 어둠이 깔리기 시작했다. 마음이 어지러운데 가로등과 건물의 불빛, 자동차 불빛마저 어지러웠다. 영희네 식구가 모두 황망히 달려왔다. 부모님과 대학에 다니는 남동생까지 네 식구다. 이어 아버지가 숨을 몰아쉬며 도착했다. 두 집 식구들이 어리둥절한 채 겨우 서로 인사나 나누고 있는데, 그 남자가 말했다.

"지금 지상에서 화급한 일이 벌어져 제가 이 두 사람을 데려가야겠습니다. 어떤 일이 일어날지 모르니 만반의 준비를 하시고, 다음 하회를 기다리십시오."

'우리를 데려간다니. 어디로, 뭘 어떻게 하겠다는 거지?'

모두 어안이 벙벙해 있는데 갑자기 태수와 영희가 사라졌다. 그 남자도 사라졌다. 광화문광장에 남아 있던 나머지 식구들은 눈앞에 있던 세 사람이 갑자기 사라지자 "아니? 아니? 어! 어!" 하면서 주위를 두리번거렸다. 분명히 여기 함께 있던 세 사람이 어디로 갔는지 없다. 안 보인다. 아무리 둘러보아도 없다.

　　"어이구!"

　　영희 어머니는 충격이 너무 컸는지 그 자리에 주저앉고 말았다.

4

하루는 빨리 지나갔다. 다음 날인 13일 오전 9시, 지도자
와 5인이 다시 모였다. 이곳은 지하 20미터에 위치한 외부
와는 철저하게 차단된 대피 시설이다. 100제곱미터 정도 크
기로 침실이 두 개, 사무실이 하나, 중앙에 거실 겸 회의실
이 있다. 지상에는 2층의 위장 건물이 있고, 비상시에 대비
한 모든 생활필수품이 완벽하게 갖추어졌고, 아주 간소했으
며 전기, 전자 시설도 최소화한 곳이다.

이곳에 출입할 수 있는 사람은 지도자, 5인 회의의 5인,
관리 책임자 등 열 명이 넘지 않았다. 평상시에는 이곳에서
회의를 하다가 핵폭탄 피폭 등의 경우에는 수직으로 100미

터 더 내려간 곳에 있는 초비상 대피 시설로 이동하게 되어 있었다.

지도자가 참석자 다섯 사람을 차례로 뚫어지게 바라보았다. 다섯 동무들은 지도자의 눈길이 자기에게로 오면 오금이 저려 꼼짝달싹할 수 없었다. 지도자가 아주 천천히 무겁게 목소리를 낮게 깔고 입을 열었다.

"자, 하루 지났소. 대책을 내놔보시오."

지도자의 한마디에 양 동무가 결의에 찬 표정으로 아주 조심스럽게 일어났다. 지도자에게 경의를 표한 다음, 두 손으로 테이블을 짚고 강한 어조로 짧게 말을 끝냈다.

"남조선을 칩세다."

지도자의 얼굴이 굳어졌다. 다른 사람들의 얼굴도 굳어졌다. '드디어 올 것이 왔구나'라는 표정이었다. 그들의 가슴은 무겁게 가라앉았다. 그들 앞에 역사의 새로운 장이 숙명적으로 펼쳐지는 순간이었다. 지도자가 테이블을 '탁!' 내리쳤다.

"양 동무, 미쳤소? 남조선을 치다니. 그게 가당키나 한 소리요? 쟤들은 가만히 있는 답니까?"

"우리 핵폭탄의 맛을 좀 보여줍세다. 인구 한 10만쯤 되는 도시 두어 곳을 때려 혼쭐을 좀 내줍세다, 지도자 동지!"

양 동무는 지도자에게 동의를 구하듯 허리를 깊이 숙였다.

"양 동무, 흥분하지 말고 앉으시오. 말은 뭐 좀 그럴듯하기도 한데. 글쎄올시다. 다들 알겠지만, 이건 간단한 문제가 아니란 말이오. 자, 자, 먼저 다른 안건들 처리 좀 하고, 점심 먹고 다시 의논합세다. 오후에는 각자 의견을 확실히 정해 가지고 모입세다."

오후에 회의는 속개되었다.

"어떻게, 결정들 했소?"

아무도 대답이 없었다. 지도자가 손가락 두 개로 테이블을 툭툭 치고 있었다. 사실, 이 회의에서 양 동무가 제안하고 지도자가 신중하게 검토하자는 이 안건, 즉 남조선을 핵무기로 친다는 안건은 이미 결론이 나 있는 사안이었다. 준비도 마친 상태였다.

그러나 실행에 있어서는 누구도 선뜻 입 밖에 내기 어려웠고, 더구나 성공을 장담할 수 없는 지극히 모험적인 작전이므로 신중에 신중을 기할 수밖에 없었다. 만일 실패할 경우, 어떤 대가와 희생을 치러야 할지 전혀 예측할 수 없는 사안이었다.

북한의 사정은 절박했다. 국가가 이대로 흘러가게 내버려둘 수는 없었고, 돌파구를 마련해야 했다. 북한 당국은 모험을 할 수밖에 없는 궁지에 몰려 있었다. 그런 사정은 지도자와 5인이 모두 인식하고 공감하고 있었다. '모험이냐, 좌절이냐'의 최종 선택을 해야 하는 순간이 다가온 것이다. 지도자는 지금이 그 순간이라고 판단하고 5인을 몰아세우고 있는 것이다.

최 동무가 테이블을 짚으며 일어났다.

"아, 앉으라우, 앉으라우. 왜 다들 서서 그러시오."

"예, 지도자 동지."

최 동무가 앉은 채로 허리를 꼿꼿이 세우며 말했다.

"제가 간밤에 한잠도 못 자고 고민해보았습니다요."

"나는 일주일째 잠을 못 자고 있소. 날래 의견이나 말해보라우요."

"아, 예, 지도자 동지. 저는 양 동무의 소견이 옳다고 봅니다. 남조선을 칩시다요. 핵폭탄을 우선 한 방 때리고, 저쪽 움직임을 보고 한 방 더 때립시다요, 지도자 동지."

"미국 애들이 우리를 때리면 어떻게 하겠소."

"그때까지는 시간이 좀 있을 겁니다. 또 그럴 가능성을 염두에 두고 모든 대비를 해둡시다요."

지도자 동지는 계속 두 손가락으로 테이블을 톡톡 치고 있었다.

양 동무가 준비해온 문건을 참석자들에게 나누어주었다.

"이거이는 제가 대략 준비해온 초안입네다. 좀 보시고 토의를 해주셨으면 합네다."

1. 우리가 한 방 때리면, 남조선은 우왕좌왕하며 어떤 결정도 내리지 못할 것이다. 그때 재빨리 한 방 더 때린다. 두 방 때려도 미국이 핵폭탄으로 대응하지 않으면, 우리는 즉각 지상군을 내려보내 남조선을 접수한다. 남조선을 접수할 때는 너 죽고 나 죽자 식으로 강하게 밀어붙인다. 다음에는 미국이 핵폭탄을 우리에게 쏘지 않도록 비위를 맞추고 외교적 조치를 취한다.

2. 우리가 한 방 또는 두 방 날리는 즉시 미국에서 여러 방 날아오면 우리는 즉시 지하 시설로 들어가 추이를 살펴본다. 우리가 견딜 수 없을 것 같으면, 중국에 지원을 요청하고, 그것도 여의치 않으면 미국에 선처를 부탁한다.

지도자와 다섯 동무들은 이 시나리오를 놓고 머리에 머리를 맞대고 숙의에 또 숙의를 했다. 밤 10시가 되었다.

"늦었지만 오늘 중으로 결론을 내립세다. 이런 일은 말이 나오면 바로 결정을 내리는 것이 좋소."

몇 번 더 충분히 내용을 검토한 끝에 마침내 결론이 났다.

"좋소. 남조선 아새끼들 혼 좀 내줍세다."

"알겠습네다, 지도자 동지."

무두 박수로 동의했다. 이 회의에서는 최종 결정만 내리면 된다. 구체적인 세부 계획은 다음 단계의 조직들이 이미 모든 준비를 마치고 대기하고 있는 상태였다.

첫 번째 타격 장소는 인구 10만 정도의 소도시였고, 시간은 내일 오후로 정해져 있었다. 결의는 확고했고, 변동이란 있을 수 없었다. 1945년 8월 이후, 지구에서 두 번째 핵전쟁이 한반도에서 일어나는 순간이었다.

지도자는 감개무량해했다. 이 순간을 얼마나 기다려왔던가. 눈을 지그시 감고 지나간 100년 가까운 세월을 돌이켜보았다.

'1945년 광복 이후부터 할아버지는 통일을 염원해왔으나 수고만 하셨을 뿐 아무런 성과 없이 1994년에 돌아가셨다.

아버지 시대에는 핵무기 보유만이 난국을 헤쳐나갈 수 있는 유일한 길이라고 판단하고 그 방향으로 국가를 이끌어갔다. 2003년에 기어이 NPT*에서 탈퇴했고, 탈퇴를 경축하기 위해 평양에 100만 주민이 모여 열광했다. 2006년에 제1차 핵실험을 강행했고, 2011년 아버지가 돌아가셨다.

나의 시대가 왔다. 집권 초기의 정치적 어려움을 극복하기 위해 많은 피를 흘려야 했다. 정국이 어느 정도 안정된 후, 2017년 제6차 핵실험까지 실시했고, 그 후 우리 북조선은 마침내 핵무기를 보유하게 되었다.

그렇게 긴 세월, 수많은 난관을 거치며 보유하게 된 핵무기를 마침내 국가를 위해 사용할 때가 왔다. 국가의 경제적 어려움은 물론, 인민의 극심한 고난, 외교적 고립에도 불구하고 끝까지 붙들고 놓지 않았던 핵무기가 국가 위기 탈출을 위한 결정적 해결 방안이 된 것이다.

핵무기의 사용이 어떤 결과를 초래할지는 아무도 모른다. 그러나 핵무기를 사용했다는 사실 자체만으로도 이 난국을 전환하고 인민을 결집시키는 계기가 될 수 있다. 인민들도 이제는 핵무기를 사용해서라도 적과 원수들을 혼내주고, 우리의 힘을 보여주자는 데에 동의할 것이다.

만일에 핵무기 사용으로 인해 혹독한 대가를 치르게 된

＊ NPT(Nuclear Nonproliferation Treaty): 핵확산금지조약. 비핵보유국의 핵무기 신규 보유와 보유국의 비보유국에 대한 핵무기 제공 금지 조약. 1969년 6월 유엔총회에서 채택되었다. 현재 핵보유국은 미·러·중·영·프 5개국이고 가맹국은 191개 국가다. 한국은 1975년 4월에 가입했고, 북한은 1985년 12월에 가입했다가 2003년 1월 탈퇴를 선언했다.

다면, 그때는 미국에 책임을 전가하면 된다. 미국의 침략 야욕 때문에 우리는 핵무기를 보유할 수밖에 없었고, 우리의 자존을 위해 핵무기를 사용했으며, 미국이 우리를 핵무기로 공격하면 기놈들이 우리를 점령하려는 야욕 때문이라고 선전하면 된다.

남조선을 핵으로 공격하는 이 작전이 성공하리라는 보장은 없다. 그러나 성공을 바라는 소망은 간절하고 또 간절하다. 간절하면 이루어진다는 것이 세상의 법칙이다. 그리고 이렇게라도 하지 않으면 현 국면을 돌파할 방법이 없다. 운명을 하늘에 맡기고 일을 저지르는 수밖에 없다.'

지도자는 눈을 뜨고 다섯 동무들을 뚫어지게 노려보았다.

"자, 이제 우리는 새로운 역사를 만드는 거요. 모두 정신 바짝 차려야 할 것이오. 마음의 준비는 되어 있갔지요!"

다섯 동무가 일제히 고개를 숙이며 대답했다.

"명령만 내려주십시오! 지도자 동지!"

이때가 14일 새벽 1시였다. 만일 이 작전이 성공하여 북조선이 남조선을 접수한다면, 북조선 인민들은 지도자를 신보다 더 위대하다고 찬양할 것이며, 세계가 놀라움 속에서 인정할 것이다. 지도자 동지는 한반도 역사상 가장 위대한 지도자로 남게 될 것이다. 안팎의 여건으로 보아 북조선으로서는 핵전쟁이라는 모험을 감행하지 않을 수 없었다.

'할아버지와 아버지께서 하늘에서 나를 도와주실 것이다.'

이것이 지도자가 이번 작전을 수행하면서 가장 크게 믿는 구석이었다.

5

"지도자 동지, 오늘 9월 14일 오후 5시에 제1탄을 발사하겠습네다. 장소는 지난번에 말씀드린 그곳입네다."

"알았소. 그렇게 하시오."

본격적으로 핵문제를 논의한 지 불과 이틀 만에 핵무기가 발사되는 순간이었다. 지도자는 결의에 찬 표정으로 차분하게 발사 명령을 내렸다. 동시에, 휴전선에 배치된 정예 군사력에 공격 태세를 갖추게 했다. 국가의 모든 조직이 완전한 일체가 되어 빈틈없이 작전을 수행하고 있었다.

한국, 미국, 중국, 심지어 북한 내에서도 전혀 알려지지 않은 황해도 안악 구월산 아래 구릉지대의 비밀 기지에서 북한의 핵폭탄 1기가 발사되었다. 핵폭탄은 한국의 중부 내륙지역의 인구 12만의 M시 중심부에서 약 2킬로미터 떨어진 농경지로 소리 없이 날아와 떨어졌다.

핵폭탄이 지표면에 닿아 폭발하는 순간, 천지가 무너지는 듯한 폭발음이 터지고 충격으로 땅은 부서질 듯이 흔들렸다. 하얀 섬광이 저녁 하늘을 온통 뒤덮었다. 곧이어 공기의 급격한 팽창으로 인해 빛마저 흡수되어 세상은 온통 암흑이 되었다. 버섯 모양의 불기둥이 하늘로 수백 미터 치솟고, 폭발로 발생한 열풍은 모든 것을 녹이며 수 킬로미터 밖까지 밀려나갔다.

암흑이 걷히면서 세상이 다시 보이기 시작했고, 하늘로 치솟았던 불기둥과 버섯구름은 낙진이 되어 반경 2~3킬로미터의 지역으로 떨어지기 시작했다. 그 범위 안의 사람과 짐승과 풀과 나무 등 모든 생명체는 목숨을 잃었고, 수많은 화재가 일어났고, 건물들은 뼈대만 남겨놓고 완전히 파괴되었다.

평화롭던 작은 도시와 농촌 지역에 그야말로 하늘이 무너지는 날벼락이 떨어진 것이다. M시의 주민들은 핵폭발을 직접 눈으로 보고 몸으로 겪었다. 그들은 굉음, 충격, 섬광, 암흑, 불기둥, 열풍, 낙진, 화재가 한꺼번에 들이닥치는 것을 보았다. 마지막으로 자신들에게 달려드는 죽음을 보았다.

한순간에 수만 명이 목숨을 잃었다. 아예 아무 흔적도 없이 사라진 사람, 온몸이 녹아 끈적끈적하게 벽에 들러붙은 사람, 통째로 숯이 된 사람, 몸통이 두세 토막으로 나누어진 사람, 몸이 갈기갈기 찢어진 사람, 건물에 깔려 으스러진 사람, 시냇물처럼 피를 쏟은 사람, 모두 이루 말할 수 없이 참혹한 형태로 죽었다. 타다 남은 두개골과 뼛조각이 여기저기 널려 있었고, 터진 몸에서 튀어나온 창자가 나뭇가지에 걸려 있었다.

아직은 목숨이 붙어 있어 살아남기는 했으나 몸을 크게 다친 사람들은 극심한 고통과 공포에 비명도 못 지르고 있었다. 그들은 죽음만을 기다리고 있었으며 곧 생명이 다했다. 부상 정도가 조금 덜한 사람들은 일그러지고 녹아가는 몸을 두 팔로 감싼 채 쪼그리고 앉거나 쓰러져 깊은 신음만 뱉어내고 있었다. 처절하고 절망적인 울부짖음이 실내에서, 거리에서, 야외에서 끊임없이 쏟아져 나오고 있었다.

날은 어두워졌고, 전기는 모두 끊어졌고, 통신도 모두 단절되었다. 그래도 살아남아 움직일 수 있는 사람들은 살길을 찾아 불타고 있는 폐허 속에서 방치된 시신 사이를 헤매고 있었다. 피해 지역을 벗어나려고 필사적으로 탈출을 시도했으나 도로는 이미 완전히 차단되어 있었다. 산길이나 논길로 탈출을 시도한 주민들이 그대로 쓰러지는 경우도 허다했다. 곧이어 캄캄한 어둠이 밀려와 사람들이 죽었는지 살았는지조차 보이지 않았다.

정부에서는 피폭 후 즉시 북한으로부터 핵 공격이 있었음을 전 국민에게 알렸다. 최고 수준의 경계 태세를 공포하는 동시에 정부와 민간의 핵 관련 전문가들을 긴급 총동원하여 대책을 협의했다. 그러나 이런 상황에 대응할 수 있는 전문가는 거의 없었다. 전국에 방사능에 대한 강도 높은 대 국민 행동 요령을 발표했으나 그것이 올바르고 적절한지조차 판단하기 어려웠다. 전반적인 대응책은 아직 발표되지 않았다.

지방자치단체도 충격을 받기는 마찬가지였다. 담당자들은 노란 점퍼를 입고 비상 대피 시설에 모여 토론을 벌이며 대책을 협의했으나 재난 지원 우선순위를 결정하는 일도 쉽지 않았다. 중앙정부에 인적, 물적 지원만 긴급하게 요청했다.

정부나 지방정부는 우선 긴급하게 M시를 지원해야 했으나 핵 피폭에 대한 정확한 정보가 없는 상태에서 함부로 움직일 수도 없었다. 방사능 노출에 대한 우려 때문에 통행이 제한되어 피해 지역 내로 물자 지원이 쉽지 않았고, 인원 투

입은 엄두도 내지 못하고 있었다. 인구 12만의 M시는 외부로부터 어떠한 지원도 받지 못하고 완전히 고립되었다.

핵폭탄의 탄착 지점으로부터 반경 4킬로미터 외곽에 1차 통제선, 8킬로미터 밖에 2차 통제선, 12킬로미터 밖에 3차 통제선이 설치되었다. 통제선 안의 주민들은 적막 속에서, 불타고 있는 도시 속에서 하늘에서 떨어지는 방사능 낙진을 무방비로 맞으며 그야말로 죽음만 기다리고 있었다.

방사능 낙진은 피폭 지역을 중심으로 주변에 광범위하게 떨어지고 있었다. 인접 지역은 물론, 전 국민이 모든 문을 꼭꼭 닫고, 창문 틈새를 테이프로 막으며 위험을 차단하고 있었다.

정부는 정부대로, 국민은 국민대로 최선을 다하고 있다고 하지만 효과는 미미했다. 핵폭탄이 떨어진 현장에서는 비참한 죽음이 이어지고 있었고, 안타까운 시간만 흘러가고 있었다. 불확실성 속에서 전국이 침묵하고 있는 가운데 피폭 첫 번째 밤은 깊어가고 있었다.

다음 날 아침이 되었다. M시 내부 상황은 여전히 아무것도 파악되지 않았다. 피해 지역과 규모를 추정할 뿐이었다. 방호복을 완전히 갖추어 입은 구조대가 이른 아침부터 구조 활동을 벌이기 시작했다. 구조 활동이라고 해봐야 긴급 물품들을 2차 통제선까지 가져다 놓고 재빨리 돌아 나오는 것뿐이었다.

방사능과 화재의 위험으로 헬리콥터도 뜨지 못했고, 해당 지역 상공으로의 비행이 금지되어 항공기에서 낙하산으로 물품을 투하하는 것도 불가능했다. 드론과 무인 자동차로 물품 투입을 시도해보았으나 정확도가 떨어지고 소량에 불과했다. 다행히 며칠 전에 내린 비로 숲이 젖어 있어 산불로 번지지는 않았다.

핵폭탄 피폭 소식을 접한 국민은 경악했다. 핵폭탄이라니. 말로만 듣던 핵폭탄이 우리나라에 떨어지다니. 북한에 핵무기가 있느니 없느니 하는 논쟁으로 수십 년 세월을 보냈고, 수시로 일어나는 북한의 무력 도발에 만성이 되어 있던 국민이었다. 북한이 정말 핵 공격을 하리라고는 상상도 하지 못했다.

놀라운 사실은 핵폭탄 피해 지역 이외 지역의 국민 사이에 혼란은 있었으나 불안과 공포감은 별로 보이지 않았다는 점이다. 매스컴의 보도와 정부 발표가 소극적인 면도 있었지만, 핵무기가 주는 심리적 공포감은 미약했다.

현장의 참사는 국민에게 절실하게 전달되지 않았고, 국민 대부분은 내가 직접 당하지 않았으니 동요할 이유가 없다고 여기는 것 같았다. 핵폭탄의 피해는 아직 남의 일이었고, 대응은 국가에서 알아서 할 일이었다.

북한의 의도는 분명했다. 우리는 핵폭탄이 있으니 이 정도에서 순순히 타협을 하든지, 아니면 핵폭탄을 마구 두들겨 맞은 다음 지상군에 의해 점령당하든지 둘 중의 하나를 택하라는 것이었다. 핵폭탄을 도시 외곽에 떨어뜨림으로써 일차적 인명 피해는 줄여보겠다는 의도는 보여주었다.

정부는 어떻게 대응해야 할지 기본 방향을 잡지 못하고 있었다. 대통령실 지하에서 연속 회의로 갑론을박하고 있었지만 아직 현황 파악조차 제대로 하지 못하고 있었다. 북한의 내부 사정은 물론, 또 핵폭탄을 쏠 것인지에 대한 정보는 전혀 없었다.

군에서는 전군에 최고의 비상령을 발동하고, 전시에 준하는 비상 태세로 들어갔다. 일부 부대는 휴전선으로 이동했다. 그러나 이러한 군사작전은 모두 재래식 전쟁에 대한 대비였지 핵전쟁에 대한 대비는 아니었다.

매스컴은 M시 근처에는 접근도 하지 못하고 스튜디오에서 분석과 전망을 계속하고 있었다. 인명 피해가 얼마인지, 건물이 얼마나 파손되었는지 하는 현황은 어디에서도 듣거나 볼 수 없었다. 일부 방송에서는 핵폭탄이 인간과 환경에 미치는 영향과 피폭 후유증에 대해서 도표로 자세하게 설명하고 있었다.

국민이란 현실적이고 자기중심적이다. 더구나 이런 비상사태에 이르게 되면 안목이 좁아진다. 국민은 현금 인출과 사재기에 몰두했다. 당장 내 머리 위에 핵폭탄이 떨어지지는 않았으나 앞으로 어떻게 될지 모르니 현금과 생필품을 확보해두는 것이 최선의 대비책이었다.

현금을 한도까지 찾아 집 안 깊숙이 보관하고, 자동차 한 가득 물과 식품 등을 채워가지고 와서 집에 쌓아놓고는 안도의 마음으로 TV와 스마트폰을 통해 사태의 추이를 지켜볼 뿐이었다. 핵폭탄은 아직은 피폭 현장의 문제였다.

정치권의 행태가 가장 볼만했다. 여야는 핵폭탄이 떨어진 이 상황에서도 서로 기묘한 말장난으로 상대방 때문이라며 헐뜯고 책임 전가에만 열중했다. 그리고 다음 선거에 미칠 영향을 계산하기에 바빴다.

일부 젊은이들 사이에서는 기성세대의 무능과 무책임에 대한 불만이 터져 나왔다. 일이 이 지경에 이르도록 정부와 정치권은 도대체 무얼 하고 있었냐고 분노했다. 그러나 정작 자신의 할 일에 대해서는 생각조차 하기 싫어했고, 두려움에 떠는 젊은이도 있었다. 그러나 나가서 싸우고, 싸우다 죽겠다는 열렬한 애국정신을 보여주는 청년도 있었고, 피폭 현장으로 자원봉사를 하러 가겠다는 인간애를 보여주는 젊은이도 있었다.

6

한국에 핵폭탄이 떨어진 지 네 시간 후, 미 백악관에서 대통령과 십여 명의 고위 관리들이 모인 긴급 국가안보회의가 소집되었다. 담당자의 보고가 있었고, 현황에 대한 분석이 있었다. 북한의 한국에 대한 핵 공격은 이미 오래전부터 예상되었던 일이고, 대책 또한 준비되어 있었다. 미국의 전략은 강경 대응을 기조로 한 다각적 대응이었다.

미국은 북한의 핵 공격이 1차로 끝나면 핵으로 반격하지 않고, 제7함대*의 주력을 한반도로 이동시키고, 한미연합 지상군을 휴전선 일대에 집중 배치하여 북한 지상군의 휴전선 돌파를 저지한다는 전략이었다. 더 이상의 전쟁 확산을 막고, 국제 여론을 고려하겠다는 것이었다. 북한에 대해서는 별도의 응징 방안을 추진할 예정이었다.

국가안보회의는 이러한 대응 작전을 수행하기 위해 신속하게 절차를 밟았고, 이어 대통령의 제가가 이루어졌다. 이에 따라 미 해군 제7함대가 출동했고, 작전을 수행할 미 지상군이 휴전선 일대로 이동했다. 미군과 함께 작전에 참여할 한국군 부대들도 휴전선 일대에 집결했다.

---

* 미 해군의 최대 해외 전력. 서태평양 35개국의 영해가 작전구역이다. 일본 요코스카가 모항이다. 항공모함을 중심으로 이지스 순양함, 이지스 구축함, 핵 추진 잠수함 등이 전단을 구성하고 있다.

7

북한은 1차 핵폭탄을 발사한 이후, 미국이 예상외로 신속하게 제7함대를 움직이고 지상군을 휴전선에 집결시키는 것을 인지했다. 사태가 예상보다 급박하게 돌아가는 것을 직감한 북한은 곧바로 전략을 수정했다. 3일 후로 예정되어 있던 2차 핵 공격을 바로 다음 날 실시하기로 변경한 것이다.

한국 정부와 사회가 1차 핵폭탄으로 혼란과 불안 속에서 헤매고, 한미연합 지상군이 미처 전열을 가다듬기 전에 2차 핵 공격을 가하여 타격을 준 다음, 바로 지상군을 내려보내 단시간에 서울을 장악한다는 전략이었다. 시간을 끌면 북한

에 유리할 것이 하나도 없었다. 여차하면 3차, 4차 핵폭탄을
발사할 준비도 갖추었다.

북한이 첫 번째 핵폭탄을 발사한 다음 날인 9월 15일 오
후 5시, 두 번째 핵폭탄이 발사되었다. 핵폭탄은 한반도 남
부 인구 9만의 S시 중심부에서 2킬로미터 떨어진 외곽에 떨
어졌다. S시에서는 어제 중부 M시에서와 똑같은 비극이 벌
어졌다.

핵폭탄이 떨어지는 순간 수만 명의 무고한 사람들이 그
자리에서 즉사했다. 살아남은 S시의 주민들은 M시와 마찬
가지로 외부로부터 어떠한 도움도 받을 수 없었다. 주민들은
절망했고, 무서움에 떨며 죽음을 기다리는 수밖에 없었다.

온 나라가 공황 상태에 빠졌다. 국민은 어제와는 달리 극
도의 공포감에 떨기 시작했다. 연이틀 핵폭탄이 떨어지니
이제는 진짜로 내가 죽고 사는 문제가 된 것이다. M시, S시
의 문제가 아니고 바로 나의 일이 되었고, 내 목에 칼날이
들어오는 순간이 되었다.

국민에게는 현실이 중요했다. TV나 스마트폰에서 뉴스
로 사태나 파악하고 있을 때가 아니었다. 더구나 정부만 믿
고 앉아 있을 수는 없었다. 이제는 그야말로 생존이 절박해
진 것이다. 바야흐로 전쟁이 벌어진 순간이고, 전쟁도 전선

에서 총과 대포로 싸우는 재래식 전쟁이 아닌 핵탄두 미사일이 날아다니는 핵전쟁이었다.

국민은 무조건 '나부터 살고 보자!'였다. 집집마다 식구들이 총동원되어 현금 인출과 사재기에 매달렸다. 갑자기 전국이 분주하게 움직이기 시작했다. 시장, 마트, 슈퍼, 편의점 등에서 모든 생필품이 품절되었고, 많은 현금인출기에서 현금이 고갈되었다. 생필품을 사고, 현금 인출을 위해 곳곳에서 사람들이 길게 줄을 섰다. 그중에는 얼굴이 하얗게 질려 있는 사람도 있었다.

'이러다가 내 머리 위로 핵폭탄이 떨어지는 거 아니야? 그러면 어떻게 되는 거야? 다 죽는 거야? 정부는 뭐 하는 거야? 피난 가야 해? 가면 어디로 가?'

전 국민이 공포와 혼란 속에서 어찌할 바를 모르는 사이에도 피폭된 두 도시의 주민들은 속절없이 죽어가고 있었다. 인류 역사상 인간이 이렇게 많은 인간을 한꺼번에 죽이는 비극은 몇 번 없었다. 21세기의 한반도에서 이런 비극이 일어나고 있는 것이었다.

정부는 여전히 갈팡질팡하고 있었다. 정부의 두 도시에 대한 기본 방침은 기다려보자는 것이었다. 그러나 무엇을 어떻게 기다리자는 것인지조차 분명하지 않았다. M시와 S

시에 대한 지원은 거의 포기하다시피 했다.

정부에서는 향후 대책에 대한 논란만 계속되고 있었다. 논란의 핵심은 이 위기의 대처 방안으로 '어느 것이 타당한가?'였다. 논란은 두 파로 나뉘어 진행되었다. 당장 미국에 핵무기를 요청하자는 파와 더 이상의 피해를 막기 위해 협상을 시작하자는 파였다. 각자 자신들의 주장이 옳다고 목소리를 높이고 있었다.

두 파 중에서 우세한 쪽은 협상파였다. 협상이란, 다른 말로 하면 항복이었다. 적은 핵무기가 있는데 우리는 핵무기가 없고, 탱크 수백 대, 전투기 수십 대 가지고 싸울 수 있는 전쟁이 아니라는 것이었다. 또한, 외세에 의존하느니 차라리 불리한 점이 좀 있더라도 우리끼리 해결하자는 것이 그들의 주장이었다.

미국에 신속히 핵무기를 요청하자는 파의 주장이 사실 지금 상황에서는 보다 현실성 있었다. 그러나 그들의 목소리는 작게 들렸다. 외세를 빌려 같은 민족을 살상한다는 것은 어떠한 이유로라도 용납되기 어려웠고, 만약 미국이 핵무기 사용을 거부한다면, 그 후는 어떻게 할 것인지 대책 또한 불확실했기 때문이다.

날은 또다시 어두워지고 있었다. 피폭을 당한 M시와 S시의 주민들은 밀려오는 어둠과 자욱한 연기 속에서 무너진 자기 집을 바라보며 두려움과 굶주림과 고통 속에서 계속 죽어가고 있었다. 하늘을 원망하며, 국가를 원망하며 한순간 한순간을 힘겹게 버티다가 끝내 숨을 거두었다.

그들에게는 국가고, 정부고, 이웃이고 뭐고 다 필요 없었다. 단지 내 목숨을 부지하고 내 가족이 살아남아야 한다는 단순한 소망뿐이었다. 그러나 그 소망은 무참하게 무너지고 있었다. 참으로 비정하고 비참한 상황이 두 소도시에서 전개되고 있었다.

이러한 총체적 국가 위기 속에서 북한의 지상군은 내일 새벽 5시에 총공격을 개시하여 휴전선 돌파를 준비하고 있었다. 휴전선 남쪽에는 한미연합 지상군도 집결되어 있었다. 휴전선 남북 양측에 최정예 부대 각 십만 명이 대치하고 있었다.

이날의 상황은 400여 년 전 임진왜란 직전, 100여 년 전 일본에 합병되기 직전, 1950년 6·25 전쟁이 일어나기 직전과 크게 다를 것이 없었다. 또다시 국가의 운명이 바람 앞의 촛불같이 위태로운 순간이었다.

그러나 이 나라에는 정말 급박한 위기 앞에서는 항상 나라를 지키고 자신을 희생하는 애국자가 등장하는 전통이 있었다. 임진왜란 때에는 이순신*과 의병들이 있었고, 일제 강점기 직전에는 안중근**을 비롯한 우국지사들이 있었으며, 6·25 전쟁 때에는 국가를 위해 싸우고 목숨을 바치겠다는 젊은이들이 있었다. 지금도 틀림없이 어디에선가, 누군가, 위기의 이 나라를 구하기 위해 목숨을 바칠 준비를 하고 있을 것이다.

---

* 1545~1598(54세). 임진왜란을 승리로 이끈 무장. 거북선을 만들었고 해상권을 장악하여 일본군을 격파하는 결정적 역할을 했다. 마지막 전투인 노량해전에서 전사했다.

** 1879~1910(32세). 한일합병 전인 1909년 10월 26일 만주 하얼빈에서 한국 침탈의 원흉 이토 히로부미를 총살했다. 다음 해 3월 뤼순형무소에서 순국했다. 옥중에서 자서전 『안응칠 역사』와 논설 「동양평화론」을 썼고 많은 유묵을 남겼다.

8

한국에 두 번째 핵폭탄이 떨어지고 네 시간 후에 미 백악
관에서 두 번째 국가안보회의가 소집되었다. 만장일치로 핵
무기 사용이 결정되었다. 준비했던 대로 3기의 핵폭탄을 북
한으로 발사한다는 내용이었다. 북한이 그다지도 빨리 2차
핵 공격을 감행한다면 재고할 것도 없이 핵으로 즉시 반격
하는 수밖에 없었다.

더구나 북한의 지상군이 휴전선 일대에 집결되어 있었
다. 북한군이 휴전선을 돌파하여 남진할 것은 분명했다. 핵
전쟁이 벌어진 이 마당에 지상전까지 벌어지면 상황은 더
욱 복잡해진다. 미국은 북한 지상군이 움직이기 전에 최대

한 시간을 단축하여 핵폭탄 발사를 결정했다. 한국 정부에게는 일방적 통보만 했다.

한국 시간으로 9월 16일 오전 5시, 원자폭탄이 탑재된 3기의 대륙간탄도미사일이 미 텍사스의 군사기지에서 북한의 목표 지점을 향해 발사되었다. 핵탄두는 히로시마에 떨어졌던 것과 같은 20킬로톤급이었다. 발사를 최종 승인하는 미국 대통령은 1945년 8월 일본에 대한 핵폭탄 사용을 최종 승인할 때와 같은 기도를 했다.

"주여, 우리를 용서해주시옵소서."

같은 시각, 휴전선에 배치된 북한 병력에게는 공격 명령이 아닌 대기 명령이 하달되었다. 같은 시각에 미국이 핵무기를 발사했다는 첩보가 입수되었기 때문이다. 북한으로서는 미국의 핵무기 발사와 지상군의 휴전선 돌파를 동시에 감당하기에는 위험부담이 너무 컸기 때문이다.

북한은 자신들이 핵무기를 발사한 순간부터 미국의 핵 공격에 대비하기 위해 전 인민과 모든 조직을 방어 체제로 전환했다. 그리고, 실제로 미국에서 핵무기가 발사되자 이미 수없이 반복 훈련한 대로 전 인민이 삽시간에 지하로 숨어들었다. 지하에서 얼마나, 어떻게 견딜지는 모르겠지만 일단 대피해야 했다.

미국에서 발사된 핵무기 3기는 오전 5시 40분경 목표 지점인 평양, 강계, 함흥 중심부에서 4킬로미터 떨어진 외곽에 떨어졌다. 예상도 하고 대비도 했지만 실제로 핵폭탄이 날아오자 북한은 불안감을 감출 수 없었다. 북한 주민들은 당국자들이 유도했던 대로 적개심을 불태우며 이를 갈았다.

"저 원수 같은 미 제국주의 놈들이 감히 우리한테 핵폭탄을 쏴? 찢어 죽일 놈들! 악마 같은 놈들!"

북한이 한국에 핵무기 2기를 발사했고, 미국이 북한에 핵무기 3기를 발사했다는 소식은 실시간으로 전 세계에 알려졌다. 지구상의 모든 국가는 초비상 상태에 들어갔다.

이것이 또 다른 세계대전의 시작이 아닌가 하는 우려도 있었다. 어느 국가도 3차 세계대전은 원하지 않았다. 만일 세계 핵 대전이 일어나 5개 핵무기 보유국이 적국에게 핵무기를 쏟아붓는다면 지구는 갈가리 찢어질 것이며, 지상의 생물들은 흔적도 없이 사라질 것은 너무나 자명한 사실이었기 때문이다.

그래도 세상일은 모른다. 어디서 어떤 돌발 사태가 일어날지 모른다. 5개 핵보유국과 3~4개의 핵 보유 의심국은 자국에 대해 적국이라고 할 수 있는 국가를 향해 핵무기를 급히 발사 대기 상태로 전환시켰다. 핵탄두를 탑재한 미사일들이 일제히 하늘을 향해 일어섰다. 사태의 추이를 보아 단추를 누르겠다는 의지를 보여주는 시위였다.

9

여기까지는 충분히 예상할 수 있는 일이었다. 북한이 한국을 때리면, 미국이 북한을 때리고, 핵보유국들이 핵전쟁에 대비한다는 것은 어쩌면 당연한 수순이었다. 그러나 세상일이란 예상대로만 일어나는 것이 아니었다.

중국이 느닷없이 일본을 핵무기로 타격한 것이다. 세계의 이목이 한반도에 집중된 사이에 중국이 일본을 기습적으로 공격한 것이다. 미국은 중국이 일본을 가격하리라는 가상을 해보았지만 이렇게 전격적으로 핵 공격을 하리라고는 예상하지 못했다.

중국의 목표는 뻔했다. 북한이 한국을 타격했고 미국이

북한을 타격했으니 한반도는 북한·한국·미국의 삼각관계를 유지하는 상태에서 일단 북한에게 맡겨두고, 그 틈을 타서 일본을 기습하여 동북아시아의 패권을 확실하게 장악하고, 일본이 가로막고 있는 태평양으로의 진출로를 더 넓게 확보하고, 여차하면 미국과의 정면 대결도 불사하겠다는 의지를 보여주는 것이었다.

모든 국가가 설마 하고 있을 때 중국은 모험을 감행한 것이다. 결국은 외교전으로 가겠지만, 이렇게 핵무기로 선제 무력시위를 함으로써 미·일과의 대결에서 우위를 차지하자는 것이 중국의 속셈이었다.

미국이 북한에 핵무기를 발사한 다음 날인 9월 17일 토요일 오후 4시, 일본 홋카이도·혼슈·규슈 세 곳에 각 하나씩 3기의 핵폭탄이 중국 동부의 비밀 기지에서 발사되었다. 역시 20킬로톤급으로 모두 인구 10만 정도의 소도시 중심에서 4킬로미터 떨어진 외곽에 떨어졌다.

일본은 원자폭탄을 경험한 유일한 국가다. 그리고 현재 일본에는 핵무기가 없고, 미국의 핵우산 아래에 있다. 아무런 사전 예고나 징후 없이 느닷없이 중국으로부터 핵 공격을 당한 일본으로서는 국가나 개인이나 비장한 각오를 다질 수밖에 없었다.

중국이라는 거대 국가가 핵무기를 앞세워 일본을 공격한다면 일본은 속수무책이다. 항공모함을 앞세운 해전이나 항공기를 내세운 공중전이라면 혹시 어떻게 해볼 수도 있겠지만 핵전쟁이라면 일본은 중국과 싸울 상대가 되지 못했다.

핵전쟁의 경우, 미국이 일본을 지원해야 하며, 그 실질적인 방법은 미국이 중국 본토에 핵무기를 발사하는 방법밖에 없다. 그러나 그것은 결단하기 쉬운 일이 아니다. 미국이 중국 본토에 핵무기를 날린다면, 중국도 미국 본토에 핵무기를 날릴 수 있기 때문이다. 이것은 상상할 수 없는 대규모의 세계대전이 된다.

미국에서는 또다시 긴급 국가안보회의가 열렸다. 이번 회의는 본질 자체가 북한 문제를 논의할 때와는 전혀 달랐다. 궁극적으로 세계대전으로 가느냐, 안 가느냐 하는 의제가 걸린 회의였다. 미국도 심사숙고할 수밖에 없었다. 이후, 이 회의는 개회 여부, 일정, 인원 등이 일체 극비로 진행되었다.

일본은 긴급하게 국가의 모든 조직을 비상 체제로 바꾸고 전 병력에 전시 수준의 비상을 걸었다. 피폭된 세 지역의 피해 복구를 위해 국가의 총력이 동원되었으나 핵무기라는 특수성 때문에 구조 활동이 원활하게 이루어지지 못했다.

한편으로는 미국에 핵무기 사용을 강력하게 요청하고, 러시아에 중국의 핵무기 사용을 억제해줄 것을 요청했다. 세계정세는 한 치 앞을 내다볼 수 없을 정도로 긴박하게 돌아갔고, 20여 개 국가에서는 비상사태를 선포했다.

한편, 한반도에서의 핵전쟁은 이미 끝난 것이나 다름없었다. 한국은 2기의 핵폭탄을 맞고 막대한 피해와 충격을 받아 불안 속에서 우왕좌왕하고 있었지만, 그래도 전반적으로는 그럭저럭 버티고 있었다.

북한은 3기의 핵폭탄을 맞은 다음에 미국의 전략을 분명하게 인지했다. 미국은 북한의 도발을 용서하지 않겠다는 것을 분명하게 보여주었기 때문이다. 북한은 한국을 공격할 의지를 상실했고, 미국에 대한 저항은 불가능하다는 교훈을 얻었다.

북한의 군사적 모험은 실패했다. 북한은 심각한 피해를 입은 채, 전쟁의 확산은 국가 존망에 위협을 준다는 현실을 인정할 수밖에 없었다. 여기에서 한 발 더 잘못 나가면 정말 국가가 멸망할지도 모른다는 위기의식 아래 침잠 상태에 빠져버렸다.

10

중국이 일본에 핵 공격을 가한 직후, 홋카이도 북부 피폭 지역에서 진도 2~3의 지진이 발생했다. 한 시간 정도 지난 무렵부터 같은 지역에서 진도 6~7의 강진이 시작되었다. 어둠이 깔리기 시작하자 강진과 더불어 북부의 한 도시 외곽에서 가로세로 1~2킬로미터 크기의 땅이 갑자기 꺼지며 깊이 수백 미터의 거대한 지반침하가 일어났다. 이어 지진 은 진도 8 이상으로 강력해졌다.

북부 지방의 거대한 지반침하 지역에서부터 가공할 진동 과 균열이 일어나더니 북에서 남으로 거의 직선으로 균열 선이 생기며 홋카이도 전체가 흔들렸다. 도시와 농촌을 가릴 것 없이 땅이 갈라지며 끝이 보이지 않는 수십, 수백 개의 공동이 생겼다.

도시에서는 고층 건물들이 나뭇가지처럼 흔들리다 무너졌고, 건물과 시설물이 공동 아래로 끌려 들어갔다. 농촌에서는 농경지들이 갈기갈기 찢어지고 군데군데 가라앉았다. 산사태로 경사가 급한 비탈이 무너져 많은 촌락이 흙더미 아래 깔려버렸다. 곳곳의 호수와 저수지가 터져 급물살이 인근 지대를 삼켜버렸다. 철로가 휘고 끊어지고, 도로가 갈라지며 무너졌다.

지진은 홋카이도에서 곧바로 남쪽으로 확대되었고, 일본 열도 전체에 진도 8 이상의 강력한 지진이 진행되었다. 이미 날은 어두워졌다. 전국의 많은 지역에서 전기가 끊어지고 통신이 두절되었다. 비상 발전 시스템을 가동하여 겨우 겨우 버티고 있었다.

공공기관과 각종 시설이 이미 상당 부분 파괴되었고, 기계들이 제대로 작동하지 못했다. 당국은 지진으로 인한 인명 피해는 물론, 각지의 피해 현황을 제대로 파악하지 못했다. 국가 규모의 구조 계획은 세우지 못했고, 각 지역 단위로 응급조치에 급급했으나 그것도 여의치 않았다.

일본 정부는 전 국민에게 대피하라는 긴급 방송을 반복

하고 있었으나, 어디로 어떻게 대피하라는 상세한 지시가 없었다. 현황 파악이 안 되므로 내용을 검토하고 지시할 시간이 없었고, 지역도 너무 방대했기 때문이다. 그동안 각자 훈련해온 대로 최선의 안전지대로 피하라고만 했다.

바다 또한 가만히 있지 않았다. 홋카이도 인근 동쪽 태평양에서 일어난 연쇄 해저지진으로 거대한 쓰나미가 발생하여 수십 미터의 바닷물 벽이 해안을 덮쳤다. 해안의 도시들은 바닷물에 부서지며 잠겨버렸고 대피하지 못한 주민들은 그대로 익사했다.

일본은 비교적 깨끗한 나라다. 평상시에는 쥐를 거의 볼 수 없었다. 그런데 갑자기 지하 어디엔가 있던 쥐들이 모두 지상으로 올라왔다. 이루 헤아릴 수없이 많은 쥐들이 떼를 지어 나타나 사람들을 놀라게 했다. 도심의 거리, 건물 주변, 농촌의 주택가에 끝도 없는 쥐 떼가 몰려들었다. 일본에 이렇게 많은 쥐들이 있으리라고는 상상도 못 했던 일이었다.

더욱 놀라운 사실은 지상으로 올라온 쥐들이 전혀 움직이지 않는다는 것이었다. 검은색과 회색의 크고 작은 쥐들이 일단 지상에 올라와서는 눈만 말똥말똥 뜨고 그 자리에서 꼼짝도 하지 않고 쪼그리고 있었다. 그 많은 징그러운 쥐 떼를 바라보는 일본인들은 온몸에 소름이 돋았으며, 극도의 공포와 분노와 좌절을 느꼈다.

한편, 일본 남부 규슈의 남쪽 해안가 땅 밑에서 낮은 주파수의 '쿠궁! 쿠궁!' 하는 거대한 음파가 지상까지 울려왔다. 이곳은 핵폭탄 탄착 지점에서 2~3킬로미터 떨어진 곳이었다. 이어 '끼익 끼익, 그르렁그르렁!' 하는 기이하고 음산한 소리가 사람 귀에까지 들렸다. 무슨 소리인지 파악이 안 되고 있었다.

일본의 지진은 더욱 강력해지고 땅의 요동은 더욱 격렬해졌다. 이것은 지금까지 경험했던 통상적인 자연재해가 아니었다. 이제는 중국의 핵 공격이 문제가 아니었다. 이 지진을 어떻게 감당하느냐에 국가의 운명이 걸려 있었다. 중국도 일본의 땅 아래에서 심상치 않은 일이 벌어지고 있다는 것을 인지했다. 핵무기 발사 계획을 중단하고 촉각을 곤두세우고 사태의 추이를 지켜보았다.

크고 작은 지진을 수없이 경험한 일본인들이지만 이런 재앙은 처음이었다. 일본인들은 일본의 종말이 다가오고 있는 것이 아닌가 하는 두려움에 휩싸였다. 전 일본 국민의 생명과 직접 연관되는 사태에 이르렀음이 틀림없었다.

일본에 거주하고 있던 외국인들은 필사적으로 탈출을 시

도해보았지만 이미 항공기도, 선박도 전혀 운행되지 못하고 있었다. 다른 나라에서는 어둠 속에서 진행되고 있는 일본의 이 미증유의 가공할 재난을 알지도 못했다. 일본으로 들어가고 일본에서 나오는 모든 인적 물적 자원은 출입이 중단되었고 통신마저 모두 단절되었기 때문이다.

규슈 땅 밑에서 그르렁거리며 끼익 끼익 하는 소리가 나기 시작한 지 30분쯤 지났다. 규슈는 물론, 전 일본 열도에서 극초강력 지진이 일어났다. 균열이나 붕괴가 아닌 지하 폭발이라고 해야 할 지진이었다. 동시에 전 일본의 지진계가 맹렬하게 떨기 시작했다. 진도 10 이상으로, 지진계의 바늘이 10 언저리에서 떨기만 했다.

지구상에서 진도 10 이상의 지진은 없었다. 1960년 5월 칠레에서의 진도 9.5가 최고였고, 다음은 미국 알래스카에서의 9.2, 9.1이었다. 모두 환태평양지진대 위의 지역이었다.

이 상상을 초월하는 진도 10 이상의 초대형, 초강력 지진으로 일본의 전 국토는 밤새도록 무너지고 부서졌다. 산이 주저앉고 강이 방향을 바꾸었다. 전국의 모든 도시가 형체를 잃고 무너졌다. 일본인들은 밤새도록 이리 뛰고 저리 뛰며 지진을 피해보려고 했으나 피할 곳은 어디에도 없었다.

무서운 밤이 지나가고 날이 밝아오고 있었다. 일요일의

태양은 다시 떠올랐다. 최악의 강진은 지나간 듯했으나 여진은 계속 지축을 흔들고 있었다. 날이 밝자 지난밤의 참상이 모습을 드러냈다. 전 일본 열도에서 본래의 모습 그대로인 곳은 없었고, 똑바로 서 있는 건물도 없었다. 얼마나 많은 사람이 죽고 다쳤는지 알 수 없었다. 전국에서 무너져 내린 고층 건물과 아파트 안에는 수많은 사람이 갇혀 있었다. 아니, 죽어 있었다.

아침이 되었건만 어떤 것도 움직이지 않았다. 자동차 등 교통수단은 전면 중단되었고 움직이는 사람도 없었다. 어제 저녁, 지진이 시작되면서 밤사이에 많은 사람들이 거리나 공터로 나와 대피했다. 아침이 되었으나 돌아갈 집을 잃은 사람들은 거리나 공터에 그대로 웅기중기 모여 앉아 추위와 공포에 떨고 있었다. 그들 옆에는 지난밤에 지상으로 올라온 쥐 떼가 꼼짝도 안 하고 그대로 몰려 있었다.

일본에는 새가 많다. 도시에는 까마귀와 비둘기가 많고, 농촌에도 여러 종류의 새들이 있고 참새가 많다. 어제까지 도시나 농촌에서 새들은 하루 종일 쩍쩍거리며 날아다녔다. 그러나 이 일요일 아침에는 어디에서도 새가 보이지 않았고 어떤 새소리도 들리지 않았다.

일본 열도에서는 사람의 소리, 짐승의 소리, 자동차 소리,

기계 소리 등 이떤 소리도 들리지 않았다. 직막에 싸여 있었다. 가끔 여진으로 무엇이 무너지거나 부서지는 소리만 문득문득 들려왔다. 일본 열도에는 움직이는 것이 없었고 소리가 나는 것도 없었다.

지금의 이 지진은 자연현상에 의한 지진이 아니었다. 중국의 핵폭탄이 지표면에서 폭발하며 일어난 충격이 불의 고리라고도 하는 환태평양지진대 지각판의 경계 부분 어딘가를 건드려 지각판이 어긋나며 발생한 지진이었다. 그렇게 시작된 지진이 다른 지각판에 영향을 미쳤고, 그 충격으로 또 다른 지각판과 충돌하여 연속적으로 지진을 일으키는 것이었다.

11

지각판의 충돌로 지진만 일어나는 것이 아니었다. 불의
고리 지각판에 걸쳐 있던 화산들이 폭발하기 시작했다. 활
화산, 휴화산, 사화산마저 폭발했다. 지각판의 움직임으로
인해 마그마 층이 충격을 받아 지각의 연약한 부분을 뚫고
올라오며 연쇄적으로 화산이 폭발하기 시작한 것이다.

휴화산이자 일본의 상징인 후지산이 가장 먼저 폭발했
다. 주변의 기생화산들도 일제히 폭발했다. 화산재가 하늘
높이 날아오르고, 붉은 용암이 용트림하며 솟구쳤다가 흘러
내렸다. 후지산에 이어 전국 곳곳에서 화산들이 폭발했다.
일본에서는 지진과 화산이 동시에 발생하고 있었으며, 국토

전체가 회색의 화산재를 뒤집어쓰고 있었다.

화산이 난폭하게 폭발하면서 지하층의 활동이 더욱 활발해져 지진의 파괴력은 더욱 강력해졌다. 지금의 지진은 과거의 지진과는 규모나 범위의 차원이 달랐다. 지진과 화산의 범위는 이제 일본 열도를 벗어났다. 불의 고리에 걸쳐 있던 화산들이 하나, 둘, 셋, 넷 차례차례 폭발했다.

세계 각국에서는 이 가공할 자연재해에 대해 자국이 실시할 수 있는 최고 수준의 비상사태를 선포했다. 국민에게 대피하라는 방송을 계속하고 있었으나 구체적이고 상세한 내용은 없었다. 원론적인 지진 대피 안내만 반복하여 방송하고 있었다.

지구상 어디에서나 쥐라는 쥐는 다 지상으로 올라왔고, 하늘에서는 어떤 새도 날지 않았고, 땅에서는 개미도 보이지 않다. 개미들도 모두 땅속 자기 집에서 꼼짝도 하지 않았다. 부지런히 빠르게 움직이는 것은 오직 바퀴벌레뿐이었다.

지진과 화산의 파괴력은 더욱 강력해졌다. 일본 북쪽으로는 쿠릴열도, 알류산열도를 지나 알래스카 남부를 거쳐 남쪽으로 방향을 바꾸어 캐나다와 미국 서부, 남미 페루와 칠레의 태평양 연안에서도 지진이 일어나고 화산이 폭발했다. 일본 남쪽으로는 필리핀해구를 지나 인도네시아, 남태평양의 통가에 이르렀다.

불의 고리에 위치한 해저화산도 폭발했다. 몇 개의 강력한 해저화산은 용암이 수면 위까지 솟구쳤다. 대규모 지진과 화산이 지상과 해저에서 동시다발적으로 일어났다. 지진과 화산의 영향으로 태평양 연안의 모든 지역에서 쓰나미가 발생했다.

환태평양지진대 지각판에서 시작된 지진은 서쪽으로 확대되어 필리핀 지각판과 유라시아 지각판을 흔들어 중국, 중앙아시아에 강력한 지진을 일으켰고, 그 영향으로 알프스·히말라야지진대까지 더 확장되어 유럽에서도 지진이 일어났다.

아프리카에서도 휴화산인 킬리만자로산을 시작으로 전 대륙이 지진과 화산으로 요동치기 시작했다. 오스트레일리아에서는 남태평양에서 발생한 수백 미터 높이의 거대한 쓰나미로 해안 지역의 도시들이 파도에 휩쓸려 모조리 사라졌다. 지구 어디에도 지진과 화산, 쓰나미가 일어나지 않는 곳이 없었다. 지구는 쉬지 않고 거세게 흔들리고 있었다.

다음 차례는 폭우였다. 지진과 화산의 영향으로 환태평양 연안의 모든 지역에서 대기와 해수면의 온도가 높아졌다. 해수면의 온도 상승으로 막대한 양의 수증기가 형성되었다.

두꺼워진 수증기 층은 엄청난 양의 비를 뿌리기 시작했다. 인간세계에서 지금까지 볼 수 없던 폭우였다.

한반도에서 있었던 기록적 대홍수는 1925년의 을축대홍수였다. 당시 서울과 경기 지역에만 이틀 동안 500~600밀리미터의 강수량을 기록했다. 을축대홍수 당시 한강물은 서울역과 숭례문 중간쯤까지 들어와 찰랑거렸다. 그러나 지금의 폭우는 이틀 동안 이미 2천 밀리미터를 넘어섰다.

지진과 화산과 쓰나미로 해수면 높이에 변화가 일어났다. 이로 인해 해류가 불규칙해졌다. 이에 더하여 엄청난 폭우로 담수의 이동이 급하게 일어나자 해수와 담수의 흐름이 엇갈리고 부딪쳤다.

태평양 연안 해수면의 표차가 달라져 태평양 해수가 불규칙하게 흐르자 지금까지 일정하던 태평양 주변 바다의 해류에 혼란이 일어났다. 태평양과 인근 해류의 혼란은 인도양과 대서양에도 영향을 주었다.

해류가 불규칙하니 균형을 유지하고 있던 지구 표면의 중력이 일시적으로 기우뚱했다. 지구 중력이 균형을 잃으니 지구의 자전과 공전에도 혼란이 일어났다.

지구의 자전과 공전에 혼란이 일어나니 달의 궤도에 이상이 생겼다. 달의 궤도에 이상이 생기니 달의 인력에 교란이 일어났다. 달의 인력에 교란이 일어나니 지구의 밀물과 썰물이 불규칙해졌다. 밀물과 썰물이 불규칙해지니 바닷물이 이리 쏠리고 저리 밀리는 현상이 일어났다.

바닷물이 이리 쏠리고 저리 밀리니 지형에 따라 바닷물의 표차가 수백 미터나 일어났다. 그 표차에 따라 바닷물이 이동하니 새로운 해안선이 형성되었다. 해안선이 새롭게 형성되니 새로운 육지와 바다가 이루어졌다. 지구의 표면은 기존의 오대양 육대주가 아닌 전혀 다른 모습으로 변했다.

폭우로 말미암아 일부 화산이 멈추기 시작했다. 지진도 서서히 약해지고, 화산재도 많이 가라앉았다. 불과 이틀 사이에 지구는 지진과 화산과 폭우와 해류의 변화를 모두 겪으며 표면 형태가 전혀 다르게 바뀌어버렸다. 이에 따라 자연현상과 기후 조건에도 큰 변화가 일어났다.

인간은 약한 존재다. 인간은 이런 갑작스러운 자연재해와 변화 아래에서는 호흡을 계속하고 생명을 유지할 수 없다. 구석기시대로부터 70만 년, 신석기시대로부터 1만 년을 이어오던 인류의 역사는 단 이틀 만에 종말을 고하고, 인류는 최후를 맞이했다. 인류뿐 아니라 지구상의 모든 생명체가 종말을 맞았다.

인간의 욕심과 이기심, 무지와 무모함으로, 작다고도 할 수 있는 핵폭탄 두세 개로 인류는 자멸하고 만 것이다. 인간이 스스로 만들어낸 최후의 순간이었다. 누구에게도 책임을 전가할 수 없는 일이었고, 운이 나빴다고도 할 수 없는 필연적 결과였다. 인류는 멸망했고, 모든 것이 끝났다.

천상의 세계 **3 -**

1

천상의 세계에서는 지구에서 벌어지고 있는 일들을 다 내려다보고 있었다. 지금, 지구는 검은 바다와 누런 흙이 혼탁하게 마구 섞여 있어 몹시 지저분하게 보인다. 육지와 바다와 산과 강이 조화롭게 어울리던 예전의 아름다운 지구가 아니다.

천상의 영혼들은 한때 자신들이 희로애락을 나누며 살던 지상 세계에서 잠시도 눈을 떼지 못했다. 자신들의 후손인 지상의 인류는 순식간에 멸망해버렸고, 사람과 함께 살던 나무와 풀과 짐승과 새도 모두 사라져버렸다. 영혼들의 가슴에는 안타까움과 슬픔만 가득 찼다.

천상의 세계란 죽은 사람들의 세계다. 사람은 죽으면 육신과 영혼으로 분리된다. 육신은 흙으로 돌아가고, 영혼은 세 명의 저승사자에게 인도되어 지하 세계의 입구로 간다. 그곳에서 사후 세계의 판관인 십왕에 의해 선인과 악인으로 분류된다.

생전에 지상에서 착하게 살던 사람의 영혼은 선인으로 분류되어 천상의 세계로 올라가고, 악하게 살던 사람의 영혼은 악인으로 분류되어 지하의 세계로 내려간다. 천상의 세계는 구름 위 맑고 푸른 하늘에 있고, 지하의 세계는 어둡고 뜨거운 땅속에 있다.

천상의 세계는 영혼의 세계다. 그곳에는 인간의 영혼만 있고 영혼이 없는 짐승이나 수목은 없다. 영혼은 생전 인간의 모습으로 반투명 상태며, 육신이 없으므로 먹지도 않고 자지도 않는다. 천상의 세계는 시간과 공간을 초월한 세계로 이곳의 영혼들은 그곳을 마음대로 이동할 수 있다.

천상의 세계에도 하늘과 땅이 있다. 하늘은 지상에서 보는 하늘과 똑같고, 땅은 흙이 아닌 한 뼘 정도 두께의 구름이 깔린 끝없는 평지다.

천상의 세계에서는 마음으로 원하기만 하면, 그 원하는 것이 모두 나타난다. 바다가 보고 싶으면 바다가 나타나고, 산이 보고 싶으면 산이 나타난다. 필요한 물건도 원하면 나 나타난다. 책이 필요하면 책이 나타나고, 꽃이 필요하면 꽃이 나타난다. 그러나 그 모든 것은 실체가 아니라 허상이다.

천상의 세계에서 누릴 수 있는 가장 큰 복은 평등과 자유다. 그곳에서는 모든 사람이 평등하며 차별이나 불공평이 없다. 의식주 걱정이 없으니 생활이 자유롭고, 물질과 권력에 대한 욕심이 없으니 마음이 자유롭다.

자유를 누리다보니 마음 놓고 할 수 있는 것은 문학과 예술과 오락이다. 글을 쓰고 시를 쓰고 그림을 그리고 노래를 부르고 춤을 춘다. 여기저기에 사람들이 모여 풍류를 즐기고 놀이를 한다. 그러나 창작은 없다. 이곳에는 딱 한 가지 걱정이 있는데, 그것은 지상에 사는 후손들 걱정이다.

천상 세계의 중심은 아사달이다. 단군왕검*이 한반도에 처음 세운 나라인 고조선의 수도다. 천상의 아사달은 넓은 광장이다. 광장 북쪽 끝에 벽이 없는 작은 당집이 하나 있고 당집 중앙에 3단의 계단이 있으며 계단을 오르면 넓지 않은

---

* 기원전 2333년에 아사달에서 고조선 건국. 천제 환인의 손자며 아버지는 환웅, 어머니는 웅녀다. 1908세에 구월산에서 신선이 되었다. 왕검이라는 말은 후에 임금이라고 변형되었다.

마루가 있고 그 중앙에 옥좌가 있다. 옥좌는 박달나무로 만든 장식이 없는 소박한 의자며, 옥좌 뒤편에는 솔거*가 그린 〈노송도〉가 펼쳐져 있다.

옥좌에는 단군왕검이 앉아 있다. 단군은 이 땅에 사는 사람들의 시조로 한반도의 모든 사람은 단군의 후손이다. 단군은 크지도 작지도 않은 키에 강건해 보이는 체격이다. 갸름한 하얀 얼굴에 눈매가 시원하고 코는 오똑하며 작고 붉은 입술에 짧은 턱수염을 기르고 있다. 단정하고 우아한 모습이다.

단군은 위아래가 붙은 흰색 옷에 오색의 실로 꼬아 만든 허리띠를 매고 있으며, 소매가 넓은 푸른 두루마기를 걸치고 있다. 머리 위에는 자작나무 나뭇잎 모양의 장식이 있는 작은 관을 쓰고 있다. 단풍나무로 만든 큰 지팡이를 짚고 있으며 지팡이 머리에는 곰의 형상이 조각되어 있다.

단군은 모두가 숭배하는 성스러운 조상이다. 평상시에는 한없이 온화하고 인자했으나 일을 처리할 때는 분명한 판단력과 과감한 결단력을 보여주었다. 슬기로운 지혜와 날카

---

* 신라의 화가. 황룡사 벽에 〈노송도〉를 그렸다. 새들이 〈노송도〉를 진짜 소나무로 착각해 부딪혀 떨어졌다 한다. 꿈에 단군을 보고 단군 그림을 천여 점 그렸다 한다.

로운 통찰력을 소유했으며 감히 범접할 수 없는 위엄이 가득했다.

천상의 영혼들이 아사달에 모여 단군을 바라보고 있었다. 지상 세계의 멸망과 인간의 마지막 순간을 지켜보는 그들은 고통스러운 표정으로 어찌할 바를 모르고 있었다. 단군이 앞에 모인 영혼들을 둘러보며 어렵게 입을 떼었다.

"이 일을 어찌한단 말이오. 저 가련한 백성들이 다 죽는구려. 그냥 저렇게 다 사라져야 한단 말이오?"

단군은 깊은 한숨을 내쉬었다.

"내가 나라 세운 지 5천 년, 그 세월 어떻게든 살아왔는데 저렇게 한순간에 다 끝나는구려."

단군의 비탄에 젖은 목소리는 영혼들의 마음을 더욱 아프게 했다. 천상의 영혼들은 모두 고개를 숙인 채 아무 말도 하지 못했다. 천상의 세계는 무거운 침묵 속에 잠겨 있었으며 침묵은 영원히 계속될 것 같았다.

2

보름 전이었다. 강감찬[*]이 옛날에 거란군을 물리쳤던 귀주를 돌아보며 적과 싸우던 당시를 회고하고 있었다. 세종 대왕이 수심이 가득한 얼굴로 다가왔다.

"대왕마마, 무슨 걱정이 그리 깊사옵니까?"

"상원수님, 아무래도 저 지상의 백성들이 곧 무슨 일이라도 저지를 것만 같습니다."

---

[*] 948~1031(84세). 고려 초의 문신. 별이 떨어진 자리(낙성대落星垈)에서 태어났다. 많은 설화를 지니고 있다. 거란이 쳐들어오자 다른 사람들이 모두 항복하자고 할 때 홀로 싸우자고 했으며, 일흔의 노구를 이끌고 전쟁터로 직접 나아가 거란을 대파했다.

"글쎄요, 지도 수시로 지상을 내려다보고 있습니다만 정말 위태로워 보입니다. 질병과 기아가 만연하고 대규모 전쟁이라도 일어날 것 같습니다. 대왕께서 어떤 구상이라도 있으신지요."

"큰일이 안 일어났으면 좋겠지만 왜 그런지 불안합니다. 조짐이 좋지 않아요."

세종대왕과 강감찬은 함께 지상을 내려다보며 인간의 장래에 대해 의견을 나누었다. 현재 지구상의 인구는 강감찬이나 세종대왕이 살던 시대보다 수십 배나 늘어났고, 문명은 극도로 발달하여 온갖 희한한 물품들이 넘쳐나고 있었다. 세종대왕이 의견을 밝혔다.

"지금 저 지상에서는 늘어난 인구와 물품에 비례하여 탐욕이 늘어났고 반대로 지혜는 줄어들었어요. 그래서 미래에 대한 예측이 불가능한 시대가 되고 말았습니다. 이러한 시대에 정말 큰 재앙이라도 일어난다면, 그때는 인간들로서는 그 재앙을 감당하기 어려울 수도 있어요. 그러한 사태에 대비하여 이곳 천상에서도 미리 무엇인가 준비를 해야 하지 않을까 싶습니다."

강감찬은 세종대왕을 지그시 바라만 볼 뿐 말이 없었다.

"상원수님, 만약에 말입니다. 최악의 사태가 벌어져 인간이 절멸이라도 한다면 어찌 되겠습니까. 그런 경우에도 대비해야 하지 않겠습니까."

강감찬이 살짝 웃었다.

"마마의 걱정이 참으로 크십니다. 그런 경우야 생기겠습니까."

"아닙니다, 아닙니다, 그런 경우가 올 수도 있습니다."

강감찬은 너무나 진지한 세종대왕의 태도와 지금 지상에서 벌어지고 있는 행태로 보아 조만간 큰일이 벌어질 수도 있겠다는 데에 동의하지 않을 수 없었다.

"예, 지금 같아서는 그런 경우가 올 수도 있겠지요."

"그래서 말씀입니다만, 만일에 대비하여 젊은이 한 쌍을 선택하여 우리가 늘 지켜보면 어떨까 합니다. 그리하여 인간의 완전 절멸에 대비하는 것이 좋을 듯합니다."

강감찬은 세종대왕의 의도를 이제 명확하게 파악했다. 먼하늘을 바라보며 한참 숙고하던 끝에 의견을 말했다.

"마마, 참으로 용의주도하십니다. 그 말씀에 찬동합니다. 그리고 마마께서 하시고자 하는 일에 기꺼이 동참하겠습니다."

"그리해주시겠습니까?"

두 사람은 의기투합했다. 그 결과, 만일 인간세계에 어떤 엄중한 사태가 벌어지면 젊은이 한 쌍을 안전하게 보호하기로 약조했다. 강감찬이 물었다.

"혹시 의중에 두고 있는 젊은이라도 있으신지요."

"한 사람 있습니다. 신태수라는 젊은이인데 제가 지금까지 보아온 중에서는 가장 적당한 사람 같아요."

"신태수요?"

강감찬이 놀라며 껄껄 웃었다.

"아니, 왜 그러십니까?"

"사실은 저도 한 사람 떠오르는데 바로 신태수입니다."

두 사람은 마주 보며 웃지 않을 수 없었다.

"참으로 잘 되었습니다. 그리고 여자는 신태수와 혼인할 김영희로 해야겠지요."

"물론입니다."

세종대왕과 강감찬은 일단 그렇게라도 약속을 해놓으니 한결 마음에 안정을 가질 수 있었다. 그리고 인간세계에서 제발 불행한 큰일이 일어나지 않기만을 바랐다. 그 후, 두 사람은 더욱 유심히 인간세계를 내려다보았다.

3

신태수가 태어난 집은 강감찬이 태어난 낙성대에서 걸어서 10분 정도 거리에 있었다. 봄이면 앞마당에 목련꽃이 탐스럽게 피는 작고 아담한 단독주택이었다. 태수는 공공기관에 재직하는 아버지와 중학교 교사인 어머니 사이에 외아들로 태어났다. 부유하지는 않았지만 큰 어려움도 없는 화목하고 단란한 가정이었다.

태수는 명랑한 성격에 머리가 명석한 편이었다. 얼굴은 동그랗고 귀엽게 생겨 주변 사람들에게 사랑도 많이 받았다. 나이에 비해 사고력과 판단력이 우수했으며 말을 조리 있게 했다. 생각과 행동이 합리적이고 무리가 없었다. 체구는 약간 작은 편이었으나 건강은 좋았다.

어려서부터 집 가까이에 있는 낙성대에 자주 갔고, 낙성대 위의 관악산에도 여러 번 올랐다. 다섯 살 때 아빠와 함께 관악산 정상에 오르자 그곳에 올라와 있던 아줌마들로부터 칭찬을 듣기도 했다.

"요렇게 조그만 아이가 여기까지 올라왔네. 꼬마 장사네!"

산에는 거의 아빠와 둘이 올라갔다. 관악산에 올라가서는 아빠가 가르쳐주는 대로 사방을 바라보며 동서남북 방위가 어떻게 되는지, 해는 어디서 뜨고 어디로 지는지, 계절에 따라 해가 얼마나 높이 뜨는지 등을 흥미롭게 들었고 가슴에 새겼다.

산에서 봄, 여름, 가을, 겨울 사계절을 보며 자연의 변화와 아름다움을 직접 몸으로 느껴보기도 했다. 또 눈앞에 보이는 산들의 이름을 외우고 눈에 익히기도 했다. 앞에 흐르는 한강과 그 앞의 자그마한 남산, 멀리 마주 보이는 장대한 북한산을 바라보는 것을 특히 좋아했다.

초등학교에 들어간 다음부터는 유난히 강감찬에 관심을 많이 가졌다. 초등학교 고학년 때였다. 그때 태수가 가졌던 가장 큰 의문은 왜 문신인 강감찬을 장군이라고 부르냐는 것이었다.

강감찬이 군대를 지휘한 일도 있었고 직함도 상원수였다. 그러나 그것은 직책상 그렇게 된 것이지, 본래 문신인 강감찬을 장군이라고 부르는 일은 옳지 않다는 것이었다. 대수기 마음속에 그리는 강감찬은 우람한 체격의 장군이 아닌, 현명하고 지성적인 문신으로서 설화를 많이 간직한 신비로운 모습이었던 것이다.

태수는 자라면서 책을 읽고 자료를 찾아보며 강감찬에 대해 더 많이 알게 되었다. 그러나 강감찬에 대한 자료는 그다지 많지 않았고, 그 후에도 별로 나타나지 않았다. 고려에 대한 자료 자체가 크게 부족하다는 것도 그때 알았다.

그래도 태수는 기회만 되면 사람들에게 고려와 강감찬 이야기를 해주었다. 강감찬의 탄생 설화, 호랑이를 꾸짖던 이야기, 연못의 개구리들을 조용하게 했다는 이야기 등을 들려주었다. 사람들은 태수의 성의를 봐서 이야기는 들어주었다.

강감찬과 더불어 태수가 특히 좋아하는 인물은 세종대왕이었다. 세종대왕이 없었다면 이 나라는 오늘날의 번영을 누리지 못했을 것이며, 한국의 역사는 크게 달라졌을 것이라고 확신했다.

세종대왕은 앞날을 보는 혜안이 있었고, 모든 분야에서

너무나 많은 뛰어난 업적을 남겼으며, 특히 그가 만든 한글은 이루 말할 수 없이 위대한 작품이라고 강조했다. 이 나라 사람들은 세종대왕에게 지금의 백배, 천배 더 감사의 마음을 가져야 한다고 말했다.

태수는 광화문광장에 있는 세종대왕 동상 앞에도 자주 갔다. 혼자 물끄러미 동상과 그 뒤의 경복궁과 산들을 바라보며 사색에 잠기기도 했고, 몇몇 사람을 데리고 가서 설명해주기도 했다.

신태수는 먼저 세종대왕의 생애에 대해 간단히 말하고, 그다음 동상 앞에 놓인 해시계, 측우기 등의 기구와 한글의 구조와 원리 등에 대해 설명했다. 그다음 태수는 동상 앞에서 조금 뒤로 물러나 본격적으로 이야기를 시작했다. 내용은 조선의 핵심이었던 이곳의 지리적 위치와 역사적 배경이었다.

"저 광화문은 경복궁의 남문이자 정문이에요. 광화문 뒤에 지붕만 보이는 전각들이 모두 경복궁이고요. 그 끝에 푸른 지붕 건물이 청와대예요. 본래 청와대 일대는 경복궁의 후원이었어요. 그리고 그 이전에는 고려 남경의 궁궐터로 추정되고 있어요. 강감찬도 한때 저기에서 한양 판관으로 근무한 적이 있었어요."

사람들은 알 듯 모를 듯 한 표정으로 듣고 있었다. 태수는 손가락으로 경복궁 뒤에 배경으로 펼쳐진 산들을 가리키며 목소리를 높여 설명했다.

"저기 경복궁 뒤 북쪽에 펼쳐진 산들을 보세요. 마치 병풍처럼 둘러서서 경복궁과 서울을 지켜주고 있어요. 청와대 바로 뒤에 듬직하게 우뚝 서 있는 저 봉우리가 경복궁의 주산인 북악산이에요. 지금은 북악산이라고 부르지만 조선에서는 백악산이라고 불렀지요. 북악산 정상 조금 오른쪽, 세종대왕 바로 머리 위에 정상 부분만 조금 보이는 봉우리, 저것이 북한산 보현봉*이에요."

사람들이 보현봉을 찾아보고 손가락으로 가리켰다.

"이쪽, 북악산의 왼쪽 기슭을 보세요. 중간쯤에 멀리 수평으로 이어지는 긴 능선이 있어요. 북한산의 서남쪽 능선이에요. 그 능선 중간쯤에 톡 튀어 오른 작은 삼각형 봉우리가 하나 있지요. 그것이 북한산 비봉이에요. 비석이 있어 비봉인데, 비석은 '북한산신라진흥왕순수비'**예요."

사람들이 태수의 손가락 끝을 따라가며 비봉을 찾아보

---

* 북한산 남쪽 끝에 있는 봉우리. 서울 시내 중심가 어디에서나 잘 보인다. 조선에서는 한양의 주맥이라고 불렀다. 영험한 봉우리라는 속설이 있다.

왔다.

"여기에서 비봉이 잘 보이듯이 비봉에서도 여기가 잘 보여요. 진흥왕순수비가 555년 무렵에 세워졌고 경복궁은 1395년에 세워졌으니까 840년 정도 차이가 나요. 그 시간의 간격을 두고 두 역사적 기념물이 서로 마주 보고 서 있는 겁니다."

"비봉과 경복궁이 서로 마주 보고 서 있게 된 것은 우연이 아니에요. 조선이 건국 후 수도와 궁궐터를 물색할 때 신라의 비석이 저기 있다는 것을 분명히 알고 수도를 이곳으로 정하고 궁궐을 지은 거라고 봐요. 그리고 당시 사람들은 이곳에 고려 남경의 궁궐이 있었다는 것도 물론 잘 알고 있었겠지요."

"다시 말해, 조선은 신라, 고려의 정기가 모여 있는 바로 이곳에 수도를 세우고 법궁 경복궁을 건설한 것이지요. 지금의 대한민국 역시 천 500년을 이어오는 신라, 고려, 그리고 조선의 정기를 모두 이어받은 이 자리에 중심을 두고 있다

** 신라 진흥왕이 한강 유역을 영토로 편입하고 이를 기념하기 위해 북한산에 세운 비석. 원래의 비석은 국립중앙박물관으로 옮겨졌고, 비석이 있던 자리에는 모조품을 세워놓았다.

고 할 수 있어요. 그러니까 이 자리는 역사적으로나 지리적으로 중심 중의 중심, 명당 중의 명당이라고 할 수 있어요."

이쯤에서 사람들은 '그래요? 그래요?' 하며 태수에게 박수를 보내고 머리를 끄덕끄덕했다.

태수는 그렇게 강감찬과 세종대왕에게 뜨거운 애정과 깊은 존경심을 가지고 있었다. 그리고 요즈음 젊은이로서 보기 드물게 지리와 시대를 통찰하는 안목이 있었다. 그리고 그는 육체와 정신이 모두 건강했다. 그 열정과 지성과 건강이 천상의 두 위대한 조상님들에게 전달되어 만일의 사태가 일어나면 마지막까지 남아 인류의 생명을 이어갈 사람으로 지목받았던 것이다.

4

세종대왕과 강감찬이 신태수와 김영희를 보호하기로 약속한 지 불과 사흘밖에 지나지 않았다. 그날은 비가 억세게 쏟아지고 있었다. 비가 너무 쏟아지자 세종대왕은 왠지 불안한 마음으로 지상의 태수를 내려다보고 있었다.

천상에서 간섭할 수 없는 지상의 세 가지 자연현상이 있다. 그것은 비, 바람, 구름으로 이 현상은 천상에서도 어쩔 수 없다. 그런데, 쏟아지는 비와 번득이는 번개 속에서 태수가 큰 교통사고를 당하는 것이 아닌가. 세종대왕은 몹시 놀라고 섬찟했다.

'아니, 이것이 무슨 일인가. 이러면 아니 된다.'

세종대왕은 저 젊은이가 죽어서는 안 된다는 생각뿐이었다. 이 빗속에서 저 귀한 젊은이가 죽기라도 한다면, 그것은 결코 안 되는 일이었다. 저만한 젊은이가 또 있기 어렵고, 다시 찾을 시간도 없었다. 세종대왕은 큰일 났다 싶어 신하들을 급히 불러 모았다.

"전하, 어인 일로 이리 급히 부르시옵니까?"

"급하오, 몹시 급하오. 저기 저 아이를 살려주시오."

세종대왕은 교통사고로 기울어지고 찌그러진 차 안에 피투성이가 되어 있는 젊은이를 가리켰다. 의자는 뒤로 젖혀진 채 옆으로 밀려 있고, 젊은이는 고개를 떨구고 의자에 비스듬히 앉아 있었다. 앞유리창은 산산조각이 나서 사라졌고, 핸들은 바로 가슴 앞까지 밀려와 있었다. 에어백은 찢어진 채 걸려 있었고, 지붕은 내려앉았으며, 옆문도 안으로 밀려 들어와 있었다. 빗줄기가 차 안까지 거세게 들이치고 있었다. 젊은이는 쇳조각과 플라스틱 조각 사이에 끼어 창백한 얼굴로 빗물 섞인 피를 줄줄 흘리며 의식을 잃고 숨만 겨우 가늘게 쉬고 있었다. 목숨이 경각에 달려 있는 것이 분명했다.

"저 젊은이가 누구이옵니까?"

"지금 그걸 물을 때가 아니오. 저 아이를 살리시오. 어서요!"

150

세종대왕은 맏며느리인 세자빈 권씨가 단종*을 낳을 때가 떠올랐다. 세자빈은 심한 난산으로 단종을 낳고 다음 날 세상을 떠났다. 단종은 어미 없이 자랐고, 12세 때 아버지 문종**마저 잃었다. 고아가 된 것이다. 그 후 어찌 되었는가.

결국 단종은 재위 3년만인 15세에 숙부 세조에게 양위하고 17세에 유배지에서 생을 마쳤다. 단종은 제 어미가 살아 있었으면 그런 일을 당하지 않았을 것이다. 세종대왕은 항상 권씨와 단종을 생각하면 마음이 아팠다. 지금 태수를 보며 세종대왕은 그때가 자꾸 떠오르는 것이었다.

'그 같은 비극이 다시 일어나서는 아니 된다. 저 젊은이도 그렇게 보내서는 아니 된다. 저 젊은이는 살아서 해야 할 일이 있다. 저 젊은이가 아니면 아니 될 것이다.'

"애야, 죽으면 안 된다. 힘을 내라. 힘을 내. 죽으면 아니 되느니라. 아니 되느니라."

세종대왕은 세자빈 권씨가 단종을 낳으며 사경을 헤맬

---

*   조선 6대왕. 재세 1441~1457(17세), 재위 1452~1455(3년). 부 문종, 모 현덕왕후 권씨. 부인 1명, 자녀 없음.

** 조선 5대왕. 재세 1414~1452(39세), 재위 1450~1452(2년). 부 세종, 모 소헌왕후 심씨. 부인 3명, 자녀 1남 2녀.

때도 이렇게 간절하게 간구하고 또 간구했다. 그러나 세자
빈은 결국 세상을 떠났다. 세종대왕은 머리를 저으며 신하
들을 다그쳤다.

"무엇들 하는 거요!"

신하들은 세종대왕이 이렇게 당황하는 모습을 본 적이
없었다. 세종대왕은 너무나 간절하게 저 젊은이를 살리고
싶어 했다. 신하들은 지금 저 젊은이가 누구이며 왜 살려야
하는지를 물을 처지가 아니었다. 어떻게든 저 젊은이를 살
리라는 어명을 어김없이 수행해야 할 뿐이었다.

그런데 저 피투성이 젊은이를 어떻게 살린단 말인가. 이
순간에 할 수 있는 일이 무엇이란 말인가. 신하들 역시 몹시
다급했으나 방법이 떠오르지 않았다. 세종대왕의 호통이 다
시 떨어졌다.

"누가 지상에 내려가서라도 저 아이를 살려보도록 하시오."

"전하, 황공하오나 저희 중에는 지상에 내려갈 능력이 있
는 자가 없사옵니다."

"그러면, 어찌한단 말이오. 방도를 찾으시오, 방도를."

세종대왕답지 않게 신하들에게 고함까지 질러댔다. 신하
들은 어찌할 바를 모르고 이리저리 현장만 내려다보며 우
왕좌왕하고 있었다. 몇 사람이 머리를 맞대고 의논해보았으

나 답을 얻지 못했다.

"무엇들 하시오?"

세종대왕의 절규가 다시 터져 나왔다. 태수의 얼굴은 점점 더 창백해지고 있었다. 출혈과 압박으로 곧 사망할 수도 있는 지경이었다. 신하들은 더욱 어찌할 바를 몰랐다. 세종대왕이 다시 외쳤다.

"빨리, 빨리 방도를 찾으시오."

나이 많은 신하 몇 사람이 바닥에 엎드려 어깨를 들썩이며 흐느끼고 있었다. 어명은 지엄하고 사태는 화급한데 나이 많은 자신들은 아무것도 할 수 없다는 사실이 너무나 죄스러웠던 것이다.

그때였다. 저 뒤에서 젊은 관리 하나가 "전하! 전하!" 하며 허겁지겁 뛰어나와 그대로 엎어지며 아뢰었다. 성삼문*이었다.

"전하, 시간을 옮기시옵소서. 저 젊은이를 뒤로 옮겨 실제 시간보다 먼저 출발하게 하시옵소서."

세종대왕과 모든 신하들이 성삼문을 내려다보았으나 그

---

* 1418~1456(39세). 세종 대의 문신. 세종의 총애를 받았으며 한글 창제에 큰 역할을 했다. 사육신의 한 사람으로 세조에게 멸족을 당했다.

의 말뜻을 이해하지 못했다.

"저 젊은이가 본래 출발한 시각은 3시 50분이고 사고가
난 시각이 4시 20분입니다. 저 젊은이를 뒤로 옮겨 한 시간
앞선 2시 50분에 출발하도록 하시옵소서. 그러면 저 젊은이
는 한 시간 일찍 사고 지점을 통과하게 되므로 사고를 피할
수 있습니다. 지금 일각이 급하오니 저 젊은이를 살리는 길
은 그 길밖에 없는 듯하옵니다."

세종대왕이 다른 신하들에게 물었다.

"삼문의 말이 맞소?"

아무도 대답을 못 했다. 그 대단한 세종대왕의 중신들이
망연자실하여 삼문의 말을 명확하게 이해하지 못했고, 판단
도 서지 않았다. 세종대왕이 또 소리쳤다.

"결정을 내리시오! 결정을!"

김종서*가 썩 앞으로 나섰다.

"전하, 삼문의 말대로 하시옵소서."

세종대왕이 잠시 숙고한 끝에 지엄하게 어명을 내렸다.

"모두 들으시오. 삼문의 말대로 저 젊은이를 뒤로 옮겨

---

* 세종 대의 문무 겸직 중신. 북방의 육진을 개척했으며, 대호大虎라는 별명이 있었
다. 계유정난 당시 세조에게 죽임을 당했다.

본래보다 한 시간 일찍 출발하게 하시오."

모든 신하들이 급히 둥그렇게 둘러앉아 각자 두 엄지손가락은 양쪽 관자놀이의 태양혈을 짚고 나머지 네 손가락으로 이마를 짚으며 영력을 모으기 시작했다. 어느 사이에 수많은 신하가 동심원을 그리며 모여 앉아 영력을 모으고 있었다.

그 바깥쪽으로 많은 장수들이 칼을 뽑아 들고 영력을 모으고 있었고, 또 그 밖으로 또 수많은 병사들이 창을 비껴 겨누며 영력을 모았다. 그 밖으로 농부와 어부와 상인들까지 모두 하던 일을 멈추고 영력을 모아 저 젊은이를 살리는 데에 힘을 보탰다.

신하들과 백성들은 간절하고 간절하게 영력을 모으고 모았다. 일각, 일각, 귀하고 아까운 시간이 흐르고 있었다. 그렇게 모인 천상의 영력이 마침내 태수와 태수의 차를 옮길 수 있을 만큼 모이는 순간, 천상의 영력은 곧바로 지상으로 전달되었다. 태수와 태수의 차는 본래 출발 시각보다 한 시간 앞선 2시 50분에 맞추어져 의정부 외곽으로 옮겨졌다.

본래보다 한 시간 뒤로 돌아간 태수가 의식을 되찾고, 새로이 다시 출발하여 사고 지점을 무사히 통과하는 순간, 탈진한 천상의 신료와 백성들은 그 자리에 주저앉거나 쓰러지며 안도의 숨을 내쉬었다. 세종대왕이 다가와 그들을 일으켜 세우며 위로와 감사의 마음을 전했다.

"참으로 수고들 하셨소. 참으로 고맙소."

영력을 소진한 영혼들이 몸을 추스르며 답을 올렸다.

"전하, 참으로 다행이옵니다."

성삼문이 다시 앞으로 나와 아뢰었다.

"전하, 저 젊은이가 무사하게 되어 참으로 다행이옵니다."

"그렇소. 삼문의 공이 무척 크오. 내 무엇으로 고마움에 보답해야 할지 모르겠소."

"아니옵니다. 소신은 할 일을 했을 뿐이옵니다."

"시간을 옮김으로 해서 별다른 일은 없겠소?"

"본래 출발 시각이 3시 50분이었지만, 저 젊은이는 한 시간 뒤로 가 2시 50분에 다시 출발했습니다. 그때부터 실제 시간과 저 젊은이의 시간은 한 시간 차이가 나게 됩니다. 그러나 한 시간이 지나면 젊은이의 시간도 본래 시간으로 돌아와 역시 4시 50분이 될 것입니다. 한 시간 동안 저 젊은이가 시간의 차이에 혼란을 일으키겠지만, 그것은 저 젊은이가 어떻게든 헤쳐나갈 것이라고 믿사옵니다."

"알았소. 나도 젊은이가 잘 헤쳐나가리라 믿소. 또한, 내가 평소에도 느끼고 있었지만, 그대는 참으로 영특하오."

"과찬의 말씀이시옵니다. 몸 둘 바를 모르겠나이다."

세종대왕은 겨우 마음의 안정을 얻었다. 그러나 그 후에도 태수에게서 눈을 떼지 못했다. 그런데 이건 또 무슨 일인가. 태수를 살린 것이 끝이 아니었다. 태수의 아버지가 쓰러져 의식을 잃고 생사의 갈림길에서 오락가락하고 있는 것이 아닌가.

세종대왕은 이번에는 맏아들 문종이 떠오르며 마음이 다시 다급해졌다. 자신의 적장자였던 문종이 재위 불과 2년 4개월 만에 외아들 단종과 두 딸만 남겨놓고 갑자기 죽었던 것이다.

'저 젊은이의 아비가 죽으면 안 된다. 내 맏아들 문종이 일찍 죽어 어린 단종이 비애를 겪었듯이 저 젊은이가 아비를 잃어 비탄에 빠져서는 안 된다. 저 젊은이는 큰일을 해야 한다. 그런데 아비가 저렇게 죽으면 큰일을 하지 못한다.'

세종대왕은 연거푸 신하들에게 엄하게 어명을 내렸다.

"저 젊은이의 아비도 살리시오! 급하오!"

신하들은 이 상황을 파악했고, 당연히 저 아비도 살려야 했다. 그런데, 영력이 없었다. 태수를 살리기 위해 영력을 다 소진하여 지금 모두 몹시 지친 상태다. 저 아비를 살릴 수 있는 영력이 남아 있지 않았다.

세종대왕도 사태를 알아차렸다. 신하들을 다그친다고 될 일이 아니었다. 그렇다고 저 아비를 죽게 내버려둘 수도 없었다. 기진맥진한 신하들이 모두 세종대왕 앞에 엎드려 있기만 했다. 포기할 수 없는 것을 포기해야만 하는가.

"황공하옵니다, 황공하옵니다, 전하!"

신하들은 할 말이 없었고, 세종대왕도 할 말이 없었다. 그때였다. 저쪽에서 늠름하게 뚜벅뚜벅 걸어오는 노장군이 한 사람 있었다. 이종무*였다.

"신, 이종무, 어명을 받들어 저 젊은이의 아비를 살리는 일에 온 힘을 다하겠나이다."

"아니, 장군은 아직 영력이 남아 있었소?"

"신은 방금 모든 신하와 백성들이 저 젊은이를 살리기 위하여 온 힘과 정성을 다하는 것을 보았나이다. 소장도 마땅히 그에 힘을 보태야 하였으나 생각을 달리하여 기다리고 있었나이다."

"무슨 생각에, 무엇을 기다렸다는 말씀이오?"

---

* 1360~1425(66세). 조선 초의 무신. 1419년(세종 1년)에 전함 227척과 군사 17,285명으로 왜구의 근거지 대마도를 정벌하여 선박 129척을 불태우고 백여 명의 목을 베었다.

"모든 일에는 예비라는 것이 있어야 할 줄 아옵니다. 소장은 저 젊은이를 살리는 일이 이루어진 다음에 혹시라도 어떤 예상하지 못한 일이 생기지 않을까 하는 막연한 우려가 있었사옵니다. 한 가지 일에 전력을 다 쏟았다가 예비가 없어 낭패를 보는 경우가 전쟁터에서도 종종 있사옵니다. 그리하여 소장은 혹여나 생길지도 모를 만일의 사태에 대비하여 영력을 쓰지 못하였나이다. 소장의 우려가 현실로 나타나 그 아비가 위급해졌나이다. 다행히 소장과 제 휘하의 장졸들은 영력이 온전히 남아 있사옵니다. 소장 등은 이제 그 아비를 살리는 일에 영력을 다하고자 하옵니다."

"역시 사려 깊은 장군이시구려. 나는 거기까지 생각을 못 했소. 장군께서 저 아비의 생사를 맡아주시오."

이종무는 허리를 깊이 숙여 세종대왕에게 예를 갖추고 물러났다. 넓은 곳으로 나온 이종무는 두 발로 땅을 굳건히 디디고 긴 칼을 뽑아 들었다. 두 손으로 칼자루를 잡고, 눈을 감고, 칼끝이 땅을 향하게 한 다음, 한참 동안 기를 끌어올렸다. 기를 충분히 모은 다음, 칼을 머리 위로 높이 올렸다가 천천히 아래로 내리며 기합을 넣었다.

"이야~압!"

천상의 세계가 찌렁찌렁 울리는 기합이었다. 어느 사이에 장군 뒤에는 수만 명의 장졸이 모여 있었다. 열과 오를 일사불란하게 맞추어 장교들은 칼을 뽑아 들고, 병졸들은 창을 비껴들었다. 이종무가 다시 천천히 칼을 들어 올렸다. 모든 장졸이 장군을 따라 칸을 들어 올리고 창을 겨누었다. 장군과 휘하의 모든 장졸이 다 함께 일제히 기합을 넣었다.

"이야~압!"

천상 무장들의 장엄한 함성이었다. 다시 한번 장군과 휘하의 장졸들이 칼과 창을 겨누며 동시에 기합을 넣었다.

"이야~압!"

세 번째 기합을 지른 이종무는 칼을 좌우로 크게 휘둘러 돌리며 기를 모은 다음, 다시 칼을 높이 들었다가 내리며 기합을 넣었다.

"이야~압!"

장군과 모든 장졸이 숨을 고른 후에 다시 기합을 넣었다.

"이야~압!"

다섯 번째 기합을 넣는 순간, 태수 아버지가 눈을 번쩍 뜨고 의식을 되찾았다. 이종무와 휘하 장졸들의 영력이 태수의 손을 통해 태수 아버지에게 전달되었던 것이다. 태수 아버지가 회복된 것을 본 세종대왕은 이종무에게 다가가 노고를 크게 치하했다.

그렇게 하여 태수와 태수 아버지는 목숨을 구했다. 그러나 그들은 자신들이 어떻게 살아났는지 모른다. 태수는 자신이 무엇을 했는지도 모른다. 천상에서 이러한 일을 이루어낸 세종대왕과 문무 신하들, 백성들은 참으로 용의주도하고 의지가 굳은 대단한 사람들이었다.

5

　강감찬은 태수와 태수의 아버지가 목숨을 구하는 정황을
자세히 내려다보았고, 세종대왕의 신하들과 백성들이 기를
다하고 영력을 다하는 모습을 하나도 빠짐없이 바라보았다.
　강감찬은 주저 없이 자신이 젊었을 때의 모습을 빌려 천
상의 복장 그대로 지상으로 내려갔다. 강감찬은 천상과 지
상을 오갈 수 있는 능력을 지니고 있었다.
　천상의 영혼이 지상의 인간세계로 내려간다는 것이 얼마
나 무모하고 위험한 행위인지 그는 잘 알고 있었다. 그 행위
는 우주의 섭리를 어기는 일이었기 때문이다. 우주의 섭리
를 어기면 영원히 천벌을 받을 수 있다. 그렇지만 강감찬은

두려워하지 않고 자신의 의지를 실천에 옮겼다.

가느다란 회오리바람을 일으키며 천상에서 지상으로 직선으로 내려간 강감찬은 퇴근하고 집에 가는 영희 앞에 나타났다. 잠시 영희를 바라보더니 이상한 울림이 있는 목소리로 말했다.

"잠깐 그대와 이야기를 하고 싶소."

영희는 웬 이상하게 생긴 사람이 갑자기 나타나 이상한 목소리에 이상한 말투로 다짜고짜 이야기를 하자고 하니 너무나 놀랐다. 그냥 달아나려고 했으나 발이 떨어지지 않았고, 태수에게 연락하려고 했으나 손마저 마음대로 움직이지 않았다.

이상한 사람은 영희에게 짧게 말했다.

"따르시오."

강감찬이 앞장서서 카페에 들어서자 영희의 발걸음도 저절로 카페로 향했다. 두 사람이 마주 앉았다. 강감찬은 한참 동안 영희를 물끄러미 바라보았다. 영희는 눈이 부셔 그 사람을 똑바로 마주 볼 수 없었다. 그렇다고 아주 무서운 것은 아니었다. 오히려 가슴이 따뜻해지며 마음이 포근해지는 것 같기도 했다.

"놀라지 마시오. 나는 하늘에서 내려왔소. 머지않아 모두

가 감당하기 어려운 일이 일어날지도 모르오. 그때 나는 그대와 태수 군을 보호해야 하오."

영희는 정신이 하나도 없고 무슨 내용의 말을 하고 있는지 알아들을 수 없었다. 이해하고 감당할 수 있는 이야기가 아니었다. 그렇다고 저 사람이 거짓말을 하는 것 같지는 않았다. 입술이 떨어지지 않아 질문할 수도 없었다.

정말 하늘에서 온 사람 같았다. 모습이 사람이기는 한데 사람같이 느껴지지 않았다. 더구나 그 기묘한 눈빛 앞에서 영희는 옴짝달싹할 수가 없었다. 듣기만 하고 '네' 하고 모깃소리만 하게 대답만 겨우 했다.

강감찬은 영희 앞에 두 번 나타나 딱 차 한 잔 마실 동안만 이야기를 했다. 두 번째 나타났을 때 영희는 처음보다는 덜 놀랐고, 대답도 몇 마디 더 했고, 그 남자의 눈길도 어느 정도 견딜 수 있었다. 두 사람이 두 번째 만날 때 태수가 두 사람을 보았다.

강감찬이 영희를 몸소 만나 이야기를 하고, 자신이 영희와 만나서 대화하는 현장을 태수가 보도록 한 것은, 영희와 태수의 사람됨을 직접 살펴보고, 두 사람의 사랑을 최종적으로 확인하고자 했기 때문이다.

6

보름 전부터 세종대왕과 강감찬은 만일의 사태에 대비하여 젊은이 한 쌍을 선택했고, 그들을 보호했다. 세종대왕은 사고로 목숨이 위태로운 지경까지 갔던 태수를 살려냈고, 태수 아버지의 위기도 넘겼다. 강감찬은 영희 옆에서 영희를 지키고 있었다.

그러나 가장 우려했던 참담한 사태가 실제로 지상에서 일어나고야 말았다. 인간은 자신들이 만든 핵폭탄이라는 가공할 무기를 사용했고, 그 결과 지구를 파멸시키는 천재지변을 촉발했으며, 마침내 인류는 최후를 맞이하게 되었다.

만일 세종대왕과 강감찬이 두 젊은이를 지켜내지 않았다

면 어찌 되었을까. 인류는 완전히 절멸되었을 것이다. 두 위
대한 조상의 선견지명으로 태수와 영희가 살아남으면서 인
류는 명맥을 유지할 수 있게 되었다. 참으로 아슬아슬한 순
간이었다.

7

천상 세계의 영혼들은 여전히 단군 주위에 모여 지구의 비극을 바라보고만 있었다. 누구도, 어떤 말도 꺼내지 못했으며 비통만이 천상의 세계를 무겁게 누르고 있었다.

세종대왕이 천천히 걸어 나와 단군 앞에 엎드렸다.

"성조 폐하! 신, 조선의 세종이옵니다. 폐하께 아뢰올 말이 있사옵니다."

"오, 세종! 무슨 말씀이라도 해보시오."

"성조 폐하, 저 어리석고 불쌍한 백성들이 지금 다 죽습니다. 어찌해야 하겠나이까."

단군 성조는 물끄러미 세종을 내려다보았다.

"이 지경에 이르러 내가 무엇을 어찌하겠소. 저 백성들은 다 죽은 것 아니오?"

"그렇사옵니다. 그래도 몇 사람은 살아남아 인간의 명맥을 보존해야 하지 않겠사옵니까?"

세종의 말에 무엇인가 궁리가 있음을 느낀 단군이 옥좌 끝으로 바짝 다가앉았다.

"그렇게라도 할 수 있다면 다행이지요. 대왕께 무슨 방도가 있는가 봅니다. 어서 말씀해보시오."

"신, 실로 큰 죄를 지었사옵니다. 이곳 천상의 규율은 지상 인간의 일에 간여하지 않는 것이옵니다. 간여하면 큰 죄를 짓는 것이고, 벌 또한 엄한 것으로 알고 있사옵니다."

"그렇지요. 여기에서는 인간의 일을 보기만 해야지, 간여해서는 아니 되지요."

세종이 머리를 바닥에 대며 한마디 토했다.

"신을 벌하여주시옵소서. 소신, 인간의 일에 간여했사옵니다."

천상의 영혼들이 '아!' 하고 짧은 탄식을 터뜨렸다. 단군도 놀라 풀쩍 뒤로 물러나 앉았다.

"이보시오 세종, 무엇을 어떻게 간여했단 말이오?"

"소신이 수년 전부터 지상을 내려다보니 머지않아 큰 사달이 일어날 짓 같았습니다. 사람은 너무 많아졌고, 개인의 욕심은 너무 커졌습니다. 마침내 큰 역병이 돌지 않나, 대단히 무서운 폭탄이 만들어지지 않나, 결국 오늘과 같은 사달이 일어나고야 말았습니다. 소신은 만에 하나 인간세계에 큰 사달이 일어나 인간들이 다 죽게 되면 어쩌나 하고 염려하고 있었사옵니다. 그리하여 만약의 경우에 대비하여 젊은이 한 쌍이라도 살려두어야겠다고 생각하고 있었사옵니다. 적당한 젊은이 한 쌍을 찾아 살펴보던 중 뜻밖에도 청년이 비바람 속에 사고로 죽게 되었습니다. 소신이 너무나 다급한 나머지 시간을 한 시간 옮겨 그 청년을 살게 하였나이다."

세종대왕이 잠시 말을 멈추고 단군을 올려다보았다.

"성조 폐하, 소신은 인간세계에서 시간을 옮겼다는 큰 죄를 지었나이다. 그러나 어쩌하겠사옵니까. 인간이 저렇게 허망하게 절멸해서는 아니 되지 않겠사옵니까. 저 젊은이가 다시 인간세계를 소생시켜주지 않을까 하는 기대를 가지고 소신은 죄를 무릅쓰고 저 젊은이를 살리고자 하였나이다. 소신의 어리석음을 살펴 헤아려주시옵소서."

세종의 아룀은 너무나 간절했다. 단군을 비롯한 모든 영혼이 큰 충격과 경탄에 빠졌다. 세종의 백성에 대한 사랑을 다시 한번 알 수 있었고, 그 과정 또한 놀라웠기 때문이다. 그러나 인간세계의 시간을 옮겼다는 것은 인간의 일에 간여한 죄 중에서도 무거운 죄였다. 그 죄는 천기누설죄에 해당되기 때문이다.

그때, 세종 옆에 또 한 영혼이 나와 엎드렸다. 간절하지만 결의에 찬 눈길로 단군 성조를 바라보며 아뢰었다.

"신, 고려의 강감찬이옵니다. 소신은 세종보다 더 큰 죄를 지었사옵니다."

단군을 비롯한 모든 영혼이 또 한 번 크게 놀라며 '아!' 하고 깊은 탄식을 토했다.

"신은 인간의 모습으로 인간세계에 내려갔다 왔사옵니다."

지상에 갔다 오다니, 강감찬이 지상에 내려갔다 오다니. 지상에 내려갔다 온다는 것은 천상의 영혼 중에서도 아무나 할 수 있는 일이 아니다. 100년에 하나, 천 년에 하나 나오는 특별한 사람만이 가질 수 있는 능력이다. 또한 아주 큰 죄로서 천기누설죄 중에서도 중죄에 해당된다. 벌도 엄하기이를 데 없어 한 번 내려갔다 오면 영원히 천상에서 추방되어 엄벌을 받을 수 있다.

"세종께서 하도 노심초사하시고, 소신의 소견에도 너무나 일이 중하고 다급하여 제가 지상으로 내려가 그 젊은이

한 쌍을 데려와 천중에 옮겨놓았사옵니다."

천중이란 지상과 천상의 중간에 있는 세계다. 삶과 죽음의 경계에 있는 세계로, 천중에 머물던 사람이 다시 살아나면 지상으로 내려가고, 죽으면 천상으로 올라간다. 천중에서는 지상과 천상에서 일어나는 일을 다 보고 들을 수 있고, 천상과 직접 소통할 수 있다. 천중이란 잠시 머무는 곳으로, 특별한 사연이 있는 경우에만 오게 되므로 이곳에 오는 경우는 흔하지 않았다.

단군과 모든 천상의 영혼이 강감찬이 옮겨놓았다는 천중의 두 젊은이를 오랫동안 바라보았다. 강감찬이 말을 이었다.

"저 두 젊은이가 다시 지상에 내려가면 그들은 지상에 남은 유일한 인간이 될 것이옵니다. 그들이 다시 자손을 일으켜 인간세계를 이룰 수 있을 것이옵니다. 소신과 세종은 그러한 희망으로 저 두 젊은이를 천중에 옮겨놓았습니다. 그러나 지상에 내려가 다시 인간의 세계를 이루어낸다는 것이 저들에게는 얼마나 힘겨운 일이겠습니까. 그러나 어찌하겠습니까. 그렇게라도 하지 않으면 인간은 여기서 영영 절멸되고야 맙니다. 폐하! 통촉해주시옵소서! 소신을 어리석고 무모했다고 책하지 말아주시옵소서! 성조 폐하! 소신 마지막으로 간청하옵건대, 저 둘을 살려 다시 인간의 세계를 이룰 수 있도록 도와주시옵소서!"

모든 영혼이 침통함을 감출 수 없었다. 강감찬의 말이 구구절절 올바르고 안타까웠다. 그리고 강감찬은 어떤 것도 두려워하지 않았고, 옳다고 판단되면 그것을 실천에 옮겼다. 모두 내심 '역시 강감찬이로구나' 하고 탄복했다.

지금까지 천상의 규율을 어긴 영혼은 한 사람도 없었고, 따라서 벌을 받은 영혼도 단 한 사람도 없었다. 그런데 지금 세종과 강감찬이 동시에 큰 죄를 범했고, 벌을 받아야 하는 첫 번째 죄인이 되어야 했다. 아무리 그들이 한 일이 옳고 그렇게 할 수밖에 없었다고 하더라도 죄는 죄고, 죄를 지었으면 벌을 받아야 했기 때문이다.

그리고 젊은이 한 쌍은 단둘이 저 험한 곳에서 인류의 미래를 책임지고 살아남아야 하는 처지에 놓인 것이다. 그것을 어찌 감당한단 말인가. 천상 세계의 모든 영혼은 이 안타까운 절박함에 어찌할 바를 모르고 있었다. 단군은 큰 한숨을 내쉬고 손으로 이마를 짚으며 탄식했다.

"이 일을 어이할꼬. 이 일을 어찌해야 한단 말이오."

8

한참 후에 단군이 무겁게 입을 열었다.

"다른 분들의 의견은 어떻소."

천상의 세계는 깊은 적막 속에 잠겼다. 아무도 말이 없었고, 움직이지도 않았다. 저쪽에서 당당한 풍채의 왕이 한 사람 등장하여 단군 앞으로 나와 허리를 깊이 숙여 예를 갖추었다.

"신, 고구려의 광개토*이옵니다. 강감찬과 세종의 뜻이

---

* 고구려 19대왕. 재세 374~412(39세), 재위 391~412(21년). 북방의 후연, 거란, 숙신, 동부여까지 진출하여 영토를 확장했으며, 남진정책으로 백제의 58성을 공취했다. 아들 장수왕이 광개토왕비를 건립했다.

참으로 갸륵하고, 그 실천 또한 놀라웠습니다. 이 나라의 훌륭한 사람 가운데서도 영명함과 용기가 실로 으뜸이라고 하여도 조금도 지나친 말이 아닐 듯하옵니다."

광개토는 잠시 말을 멈추고 세종과 강감찬을 한참 바라보았다.

"소신 또한 기본적으로 저 두 사람과 의견이 같사옵니다. 그러나 실제에 있어서는 조금 다른 소견을 가지고 있사옵니다. 아뢰옵기 송구하오나, 인간들은 자신들이 저지른 죄악으로 인해 벌을 받았다고 할 수밖에 없사옵니다. 가슴 아픈 일이기는 하오나 지상 인간세계의 일은 이제 잊어야 할 것 같사옵니다. 그리고 젊은이 두 사람이 과연 저기서 어찌 살 수 있겠사옵니까. 집도 없고 먹을 것도 없는 곳에서 어찌 살겠습니까. 설혹 살아남고 자손을 이어간다 하여도 인간의 세상이 언제 이전처럼 번성하던 시대로 돌아갈 수 있겠사옵니까. 또다시 수백 년, 수천 년의 세월이 흘러야 할 것이옵니다. 소신의 소견으로는 지금 할 수 있는 일은, 저 두 젊은이가 자신들의 힘으로 새 세상을 개척하는 것을 지켜보고, 난관을 극복해나가기를 기원하는 것밖에 없는 듯하옵니다."

광개토의 말은, 인간은 자업자득으로 자멸했으니 이미 끝난 일이고, 두 젊은이가 저곳에서 살아남으면 다행이지만 고생하다가 죽어도 어쩔 수 없는 일이 아니겠냐는 것이었다. 광개토는 생전에 전쟁터에서 사람이 죽는 것을 많이 보았기 때문에 인간의 생사에 대한 애절한 감정이 그다지 깊지 않은 듯했다.

단군이 말을 받았다.

"광개토의 말이 옳소. 지금 이 판국에 무엇을 어찌한단 말이오. 저 아이 둘이 험난한 지상에 내려가 살아보려고 애를 쓰고, 그러다가 잘못되어도 어쩔 수 없다는 것은 분명하오. 그러나, 그것은 저들에게 너무 가혹한 일이 아니냔 말이오. 그리고 조상으로서 아이들이 그렇게 애쓰는 것을 그저 바라보기만 하는 것이 차마 할 일은 아닌 듯하오."

단군이 잠시 말을 멈추었다. 모든 천상의 영혼은 억장이 무너졌고, 단군을 제대로 바라보기도 어려웠다.

"그리고 말이오, 강감찬과 세종이 그리 애를 써서 인간의 절멸을 막아보려고 수고했으나 저 젊은이들마저 잘못된다면 모두 허사가 아니냔 말이오. 그리고 기필코 인간은 절멸하는 것이 아니냔 말이오. 아주 끝나는 것이 아니냔 말이오. 차마 그것은, 차마 나로서도 견디기 힘든 일이오."

단군은 말을 잇지 못했다. 광개토가 다시 아뢰었다.

"성조 폐하! 소신 등이 어찌 성조 폐하의 심정을 헤아리지 못하겠나이까. 그러하오나 길이 없사옵니다. 방도가 보이지 않사옵니다. 너무 늦은 듯하옵니다. 저 아이들의 용기와 능력을 믿어보는 수밖에 없지 않겠사옵니까. 이미 저들을 살리고자 세종과 강감찬이 천상의 규율을 어겨 벌을 받아야 하는 큰 손실을 입었사옵니다. 더 이상 천상의 세계에서도 희생이 있어서는 아니 될 것이옵니다. 통촉해주시옵소서!"

광개토의 말은 모두 옳았다. 옳다고 해도 그 말에 공감하기에는 너무 마음이 아팠다. 한참 동안 말없이 시간이 흐르고 있었다. 또 다른 풍채가 장대한 왕 한 사람이 앞으로 나왔다.

"신, 백제의 근초고* 아뢰옵니다. 소신도 광개토와 의견을 같이하옵니다. 안타깝게도 인간의 시대는 끝난 듯하옵니다. 인간의 세계가 이런 종말을 맞이할 줄은 누구도 몰랐을 것이옵니다. 참으로 인간세계의 일이란 덧없는 것이라 여겨지옵니다. 더구나 이제 우리에게는 후손이 없습니다. 후손이

---

* 백제 13대왕. 재세 ?~375, 재위 346~375(29년). 371년 고구려의 평양성을 공격하여 고구려 고국원왕을 전사케 했다. 같은 해 수도를 한성으로 옮기고, 이후 백제의 전성기를 이끌었다.

끊어진 이 천상의 세계도 참으로 쓸쓸하고 허전할 것 같사옵니다."

단군은 인간의 세계를 단념할 수밖에 없다는 사실에 너무나 마음이 아팠다. 한 팔을 옥좌 팔걸이에 걸치고 다시 손으로 이마를 짚었다. 몸을 한쪽으로 기울이며 탄식했다.

"이 일을 어이할꼬. 이 일을 어찌해야 한단 말이오."

그러나, 세종과 강감찬은 그럴 수 없었다. 그것은 너무 쉽게 포기하는 것 같았고, 너무 무책임한 것 같았다.

'인간은 절멸했지만, 그래도 여기 태수와 영희가 살아 있지 않는가. 그들은 어떻게든 생존해야 한다. 수많은 영혼이 힘을 다해 살려낸 젊은이 한 쌍이 고작 며칠, 혹은 몇 달, 아니면 몇 년 고생만 하다가 죽는다면 그 수고가 무슨 의미가 있다는 말인가. 그리고 저 젊은이 한 쌍이 너무 불쌍하지 않은가. 저 아까운 젊은이들이 그리 고생만 하다가 허무하게 생을 마쳐서는 아니 될 것이다. 그리고 저들이 잘못되면 인간은 끝내 절멸하는 것이 아닌가. 그럴 수는 없다. 그것은 막아야 한다. 그들이 살길은 없을까? 무슨 길이 없을까? 어떤 방도가 없을까?'

9

강감찬에 의해 천중으로 옮겨진 태수와 영희는 지난 일
주일 동안 벌어졌던 지구 파멸의 과정과 인류 최후의 순간
을 다 보았다. 그리고 지금 천상에서 조상님들이 인류의 종
말을 슬퍼하고, 자기들을 걱정하는 모습도 다 보았다. 도대
체 이것이 무슨 일이란 말인가. 이것이 과연 있을 수 있는
일이란 말인가.

태수와 영희는 이런 참극을 일으킨 사람들에 대한 원망
도 생겨났다. 그러나 지금, 그 사람들을 원망해야 무슨 소용
이 있나. 다 지나간 일이고 끝난 일이다. 앞으로가 문제다.
천상의 세계와 지상을 놀란 눈으로 번갈아 바라보던 영희

가 낮은 목소리로 태수에게 말을 건넸다.

"참 어려운 문제네. 저분들한테도 어려운 문제지만 우리
한테는 정말 심각한 문제야. 우리가 죽고 사는 문제잖아. 우
리가 당사자잖아. 며칠 전까지만 해도 회사일이 문제고 집
안일이 문제였지 내가 죽고 사는 건 나하고는 전혀 상관없
는 일이었어. 그런데 지금은 정말 우리가 죽고 사는 문제를
걱정해야 하잖아. 저 조상님들이 다 우리 때문에 저렇게 걱
정하시는 거잖아. 그래도 난 아직 실감이 안 나. 내 문제 같
지 않아. 정말이야. 아니, 내가 왜, 벌써, 이 나이에 갑자기
죽고 사는 문제를 고민해야 해. 그게 말이 돼? 그게 있을 수
있는 일이야?"

태수가 영희의 넋두리를 아무 대꾸 없이 곱씹으며 듣고
있는데, 갑자기 영희가 엉뚱한 얘기를 꺼냈다.

"그런데 말이야 오빠, 우리가 지상에서 만났던 그분이 오
빠가 그렇게 좋아하던 강감찬 님이었어. 그래, 어쩐지 보통
사람 같지 않더라. 정말 멋있는 분이었어."

태수가 영희를 보며 퉁명스럽게 한마디 했다.

"나보다 더 멋있었어?"

영희가 눈을 동그랗게 뜨고 태수를 빤히 쳐다보았다.

"물론이지. 오빠보다 더 멋있었지. 으이구, 지금 그런 샘

낼 때야? 하기야 샘낼 만도 하지. 내가 뽑았으니까."

태수는 대꾸를 안 했다. 태수는 죽고 사는 문제를 심각하게 고민하던 영희가 갑자기 강감찬을 찬양하고 나오니 한편으로는 조금 어이가 없기도 했다. 덩달아 태수도 영희처럼 잠시 죽고 사는 문제를 떠나 강감찬을 생각해보았다.

태수가 초등학교 때부터 그렇게 마음속에 간직하고 있던 강감찬의 모습과 실제의 모습이 얼마나 차이가 나는지 가늠해보았다. 상상과 실제가 크게 다르지 않다는 사실에 은근히 혼자 놀랐다. 태수가 웅얼거렸다.

"하여튼 그런 분을 직접 만나보다니 정말 영광이야."

영희가 멋쩍었는지 다시 화제를 돌렸다.

"우리 때문에 조상님들이 저렇게 엄청난 노력과 희생을 하신다는 게 정말 믿기 어려워. 세종대왕님과 강감찬 님까지 말이야."

"그래, 정말 그래. 저분들은 정말 대단하고 특별한 분들이야. 상상도 못 할 일을 하고 계시고, 우리는 또 그 상황을 직접 보고 있는 거야. 믿을 수가 없어."

태수가 잠시 말을 멈추었다.

"난 도대체 지난 일주일 동안 일어났던 모든 일이 정말 사실인지조차 믿기 어려워. 그리고 인간의 세계니, 천상의 세계니, 천중이니 이런 것도 모두 헷갈려. 분명히 현실이기는 한데, 어떻게 그런 게 우리 앞에 이렇게 있냐고. 이게 정말 현실이 맞아?"

영희는 아무 말이 없었다.

"나는 우리가 어떻게 선택되었는지 그것도 모르겠어."

이번에는 영희한테서 바로 답이 나왔다.

"그거야, 오빠가 괜찮은 남자니까 그렇지."

"김영희, 지금 자꾸 그런 농담할 때가 아니다. 하기야 그런 나를 알아보는 영희도 괜찮은 여자지."

영희가 히죽이 웃으며 태수의 팔을 꼬집었다. 태수가 영희의 어깨를 한 손으로 감쌌다. 천상에서 조상님들이 그다지도 절박하게 인류의 생사와 두 사람의 미래에 대해 논의하고 걱정하고 있는데 천생연분인 당사자 두 사람은 사랑놀이에 여념이 없었다.

태수와 영희는 아직 젊다. 저기 계시는 단군이나 강감찬, 세종대왕처럼 세상의 이런 일, 저런 일, 온갖 일을 다 경험해보고 국가를 운영해본 사람이 아니다. 그들은 단지 그들 나이에 맞게 그들이 경험한 범위 내에서 생각하고 행동할 뿐이었다. 더구나 죽고 사는 문제를 이렇게 가까이에서 대해본 적이 없었다.

영희와의 사랑놀이 몇 마디가 끝나고, 태수는 다시 심각한 고민에 빠졌다. 한참 만에 무겁게 말을 꺼냈다.

"조상님들의 의견이 모두 옳아. 그리고 지금 저분들도 선택의 여지가 없어. 결국, 우리 둘이 저 지구에 가서 살아야 하고, 살아남아야 한다는 것뿐이야."

영희는 태수의 독백을 들으며 고개만 끄덕였다.

"내가 뭐라고, 그저 평범한 젊은이일 뿐인데, 내가 앞으로 인간의 미래를 짊어지고 가야 한다고? 영희와 단둘이서? 저 황무지 폐허에서? 우리가 그걸 어떻게 해. 아마 일주일도 못 버틸 거야. 그렇다고 다른 방법이 있어? 없잖아!"

태수의 침통한 독백은 계속되고, 영희는 안타까운 손길로 태수의 등을 슬슬 문질러주었다.

"학교 다니고 군대 갔다 오고, 이제 겨우 신입사원 면했는데, 제대로 살아보지도 못하고 저기 가서 고생만 하다가 죽어? 외로움과 무서움 속에서 살다가 죽어? 그래, 어떻게 산다고 치자. 그러다가 둘 중의 하나가 죽으면 나머지 하나는 어떻게 살아. 무서워서 어떻게 살아. 따라 죽어? 그래서 결국 둘 다 죽어? 그건 아니야. 절대로 아니야. 무서워. 생각만 해도 너무 무서워. 그리고 억울해, 너무 억울해. 그렇지만 저 지구의 사람들은 모두 죽었잖아. 우리 부모님, 영희네 부모님도 모두 돌아가셨잖아. 인류는 완전히 멸망했잖아. 겨우 우리 둘만 살아남았잖아."

태수는 도무지 답이 안 나왔다. 몸을 돌려 영희에게 물었다.

"우린 어떻게 해야 하니?"

"모르겠어. 나는 이게 꿈인지 현실인지조차 모르겠어."

태수는 지상과 천상을 번갈아 바라보며 생각하고 또 생각하고, 고민하고 또 고민했다.

"잘해야 해. 정말 잘해야 해. 죽느냐 사느냐야. 우리 둘만이 아니고 앞으로 인류가 다시 사느냐 멸종하느냐야. 그런데 이렇게 어려운 과제를 왜 내가 풀어야 해? 왜? 영희 말대로 내가 괜찮은 남자라서? 그건 말도 아니지. 내가 아는 괜찮은 남자도 많았어. 그런데, 지금 그거 따져봐야 뭐 해. 길을 찾아야 해, 길을. 어떻게 해야 나도 살고, 인류도 살 수 있는지. 길을 찾아야 해."

태수의 고뇌 어린 독백에 영희는 또 훌쩍거리기 시작했다. 심각하게, 정말 심각하게 고민하고 있던 태수에게 갑자기 어렸을 때 있었던 일 하나가 기억에 떠올랐다. 그때가 초등학교 5~6학년 때쯤이었다. 학교를 마치고 집으로 가는데 어린이 놀이터 벤치에 앉아 있던 그 동네 편의점 주인아저씨가 태수를 보고 반갑게 큰 소리로 불렀다.

"태수야! 집에 가니? 잠깐만 이리 와봐!"

편의점 아저씨는 태수를 옆에 앉히더니 자기가 지금 고민하고 있는 문제를 다 털어놓고 너 같으면 어떻게 하겠냐고 조언을 구했다. 태수는 다 듣고 나서 아무렇지도 않게 아저씨에게 몇 가지 묻고, 또 아저씨 답을 듣고는 아주 무덤덤하게 자기 의견을 말해주었다.

태수의 말을 다 듣고 난 아저씨는 잠깐 멍한 표정을 짓더니 곧바로 얼굴이 활짝 밝아졌다. 벌떡 일어나 가게로 뛰어들어가 큰 아이스크림 한 통과 큰 초콜릿 두 개를 들고 나와 태수에게 안겨주었다.

"고맙다, 태수야. 정말 고맙다. 네 말이 맞아. 정말 네 말이 맞아. 아! 너 정말!"

저녁에 엄마 아빠에게 그 얘기를 했더니 두 분 모두 너무 당연하다는 듯이 별 감흥을 보이지 않았다. 저녁 먹고 나서 세 식구가 숟가락 하나씩 들고 그 큰 아이스크림 한 통을 "맛있다! 맛있다!" 하며 다 먹어치웠다.

부모님은 아이스크림을 다 먹는 동안에 태수와 편의점 아저씨가 무슨 얘기를 했는지 궁금하지도 않은지 별로 묻지도 않고 다른 이야기만 했다. 태수가 어련히 알아서 잘하지 않았겠느냐는 것이 부모님의 태도였다.

지금 태수는 그때 아저씨가 무엇을 물어보았으며 자기가 무어라 대답했는지 전혀 기억에 없다. 단지 아저씨가 너무 좋아하며 아이스크림과 초콜릿을 주었다는 것과 부모님이 너무나 무심하다고 느꼈던 기억만 떠올랐다.

10

태수가 영희에게 다시 물었다.

"김영희, 저기 가서 우리 둘이 살 수 있겠어?"

"그럼 어떻게 해? 그냥 죽어? 그건 아니야. 우린 살아야
해. 저기로 돌아가서 무슨 수를 써서라도 살아야 해. 지금
지구가 저렇게 다 망가졌지만 혹시 알아? 쓸 만한 집이라도
남아 있고, 입을 옷이 있을 수도 있잖아. 먹을 것도 좀 있지
않을까? 소꿉장난하듯이 살 수 있을 거야. 그러니까 너무
걱정하지 말자."

영희가 잠시 쉬었다가 다시 말을 이었다.

"오빠! 난 죽고 싶지 않아. 정말 죽고 싶지 않아. 솔직히

죽는다는 게 뭔지도 모르겠어. 그러니까 더 살아야 해. 오빠하고 예쁜 아기도 같이 키우고 싶어. 지금 죽는다는 건 말도 안 돼. 오빠, 안 그래?"

태수도 마찬가지였다. 죽고 싶지 않았다. 저기서 짧은 인생을 끝내고 싶지 않았다. 그러나 저기서 단둘이 살아간다는 것도 두려웠다. 도대체 의식주를 해결할 엄두가 나지 않았다. 영희 말대로 쓸 만한 집이나 옷이나 먹을 것이 조금이라도 남아 있다면 다행이겠지만. 그렇더라도, 언제까지 버틸 수 있을까. 만일 쓸 만한 것, 먹을 만한 것이 전혀 남아 있지 않다면 어떻게 살아간단 말인가. 태수는 팔짱을 끼고 서서 지구를 뚫어지게 내려다보고 있었다.

"저것이 지구란 말이지. 우리가 살던 지구란 말이지. 그런데 참 볼품없이 변해버렸네. 정말 형편없이 망가져버렸네. 서울은 어떻게 되었을까?"

태수가 궁금해하자 눈앞에 서울이 펼쳐졌다.

"아니, 저게 서울이란 말이야?"

서울은 그냥 누런 진흙밭이었다. 서울이라고 알아볼 수 있는 것은 그나마 어느 정도 형태가 남아 있는 인왕산과 북악산이 보이기 때문이었다. 두 산 아래 진흙 속에 쓰러진 고층 건물의 잔해가 삐죽삐죽 솟아 나와 있었다.

"영희를 저 진흙 벌판으로 끌고 가 온갖 고생을 다 시켜야 한단 말이야? 그렇게 고생한다고 우리가 살아남는다는 보장도 없어. 저기서는 못 살아. 모든 게 무너지고 허허벌판인 저 진흙밭에서 어떻게 살아. 불가능해. 다른 방법을 찾아야 해. 우리가 살 수 있는 다른 길을 찾아야 해."

영희는 지친 듯 태수 옆에 무릎을 세우고 앉아 아련한 눈길로 지구만 바라보고 있었다. 태수는 아무리 머리를 쥐어짜도 방도가 떠오르지 않았다. 해결 방안이 막막했다. 짜증이 났다. 화가 났다. 부모님 생각이 났다. 울컥 감정이 치솟고 눈물이 쏟아질 것 같았다. 이 순간을 이겨내야 했다. 영희에게 들키지 않게 감정을 감추어야 했다. 마음속으로 외쳤다.

'아니야! 지금 이러면 안 돼! 약해지면 안 돼! 정신 차려! 정신 차려 신태수! 신태수야, 약해지면 안 돼!'

눈을 부릅뜨고 지구를 노려보던 태수는 심호흡을 몇 번하고 천천히 몇 걸음 걸어보았다. 쪼그리고 앉은 영희를 살리기 위해서라도 마음을 가라앉혀야 했다. 강함은 부드러움을 이길 수 없다는 진리가 머릿속에 떠올랐다. 경직되어 있던 몸과 마음을 유연하게 풀어야 했다. 천중을 서성거리며, 지상을 내려다보고, 천상을 올려다보았다.

'어려운 일일수록 쉽게 생각해야 해. 그리고 진리는 항상 가까이 있고 해결 방법은 단순해. 긴장을 풀어야 해. 편하게 생각해야 해. 그래! 그래! 될 대로 되라지 뭐. 죽기밖에 더 하겠어!'

긴장이 조금 풀어진 태수의 머릿속에 발상 하나가 서서히 떠오르기 시작했다. 태수는 한참 더 천중을 서성거렸다. 그러다가 태수는 마침내 길을 보았다. 아무것도 안 보이는 안개 속에서 헤매던 태수는 희미하지만 길을 보았다. 그것은 분명 길이었다. 갈 수 있는 길이었다. 그 앞에 무엇이 있는지는 모르겠지만, 길인 것은 틀림없었다. 마침내 결심이 선 태수가 영희를 일으켜 세웠다.

"김영희, 이건 어떨까?"

"뭐가 떠올랐어? 영감이 왔어?"

영희의 눈이 반짝했다. 태수는 영희의 눈빛이 강감찬의 눈빛과 좀 닮았다고 느꼈다. 태수가 영희의 두 어깨를 손으로 잡고 눈을 뚫어지게 들여다보며 속삭였다.

"잘 들어봐. 말이 되는지."

영희가 태수의 허리에 두 손을 얹고 눈을 뚫어지게 들여다보며 속삭이듯 말했다.

"빨리 얘기해봐."

"시간을 옮겨달라고 하자. 핵전쟁이 일어나기 전으로 시간을 뒤로 돌려달라고 하자. 그래서 시간이 뒤로 돌아가면 그때부터 핵전쟁이 일어나는 것을 미리 막으면 되잖아."

"무슨 말인지 잘 모르겠네."

"시간이란 항상 앞으로만 가. 뒤로는 못 가지. 그렇지?"

"물론이지. 시간이 어떻게 뒤로 가?"

"그렇지, 시간은 절대로 뒤로 못 가지. 그런데 저기 봐. 저 천상의 세계에는 시간에 앞뒤가 없어. 저기에는 시간이 마구 섞여 있어. 봐봐. 광개토왕하고 강감찬하고는 한 500년 차이가 나. 강감찬하고 세종대왕과는 또 한 500년 차이가 나지. 그러니까 광개토왕과 세종대왕은 대략 천 년 차이가 나는 거야. 그런데 저기서는 다 같이 계시잖아. 또, 저 단군 시조님 좀 봐. 우리하고 5천 년 가까이 차이가 나. 그런데 우리하고 같이 계시잖아. 저기는 시간을 초월한 세상이야. 물론 공간도 초월한 세상이지. 저분들은 아무 데나, 아무 때나 막 왔다 갔다 하시잖아."

"그러네! 정말 그러네!"

"그래서 말인데, 우리 인간세계도 저 천상의 세계처럼 시간을 넘나들 수는 없을까? 시간을 왔다 갔다 할 수는 없을까? 그렇게 할 수 있다면, 핵전쟁 이전으로 돌아가서 우리가 핵전쟁을 사전에 막을 수 있지 않을까?"

"우리가 시간을 왔다 갔다 한다고?"

"우리가 아니고, 저 지구 전체가."

"저 지구 전체가 시간을 왔다 갔다 한다고?"

"왔다 갔다까지 할 필요는 없고. 딱 한 번만, 딱 일주일만 뒤로 돌릴 수는 없을까?"

영희의 표정이 어두워졌다.

"그게 될까? 지구의 시간을 뒤로 돌려? 어떻게?"

"그건 나도 모르지."

"그럼 어떻게 해?"

"저분들은 할 수 있을지도 몰라. 그러니까 말씀이나 드려 보자는 거지."

이번에는 영희가 고민에 빠졌다. 한참을 골똘히 생각하더니 갑자기 태수의 옆구리를 툭 쳤다. 희망에 찬 밝은 얼굴로 태수의 눈을 빤히 들여다보며 말했다.

"저분들은 하실 수 있을 거야. 저분들이 누구야. 단군이고 세종대왕이고 강감찬이잖아. 저분들은 뭐든지 다 할 수 있을 거야. 아니야, 다 하실 수 있어."

"글쎄?"

"강감찬 님은 지상에도 왔다 갔다 했잖아. 나하고 커피도 마셨는데 뭐. 그리고 세종대왕님은 오빠 목숨을 살려줬잖

아. 어떻게 세종대왕님이 오빠 목숨을 살려? 그런데 오빠를 살렸잖아. 저분들은 하실 수 있어. 저분들한테는 천상이고 지상이고 뭐고 없어. 시간이고 뭐고 그런 것도 없어. 뭐든지 다 하실 수 있어. 뭐든지!"

"그럴까? 그거하고 이거하고는 다를 텐데."

"아니야, 저분들한테는 다를 것도 없어."

영희가 태수의 뺨을 슬슬 어루만졌다. 태수는 멋쩍어 슬쩍 한 걸음 뒤로 물러났다.

"그리고, 지금 보니까 오빠 천재네! 천재야! 어떻게 그런 생각을 했을까? 놀랍네! 놀라워!"

태수는 피식 웃음이 나왔다. 웃음이 나올 순간이 아닌데 영희의 말과 행동을 보니 웃음이 나왔다.

"천재를 알아보는 영희도 천재네!"

"오빠가 천재고 내가 천재면 우리 아기들도 천재겠네. 우리 집은 천재 집안이네. 와! 대박!"

"그럼 좋지!"

이 긴박한 순간에 두 사람은 또다시 자화자찬해가면서 사랑놀이에 신이 났다. 영희가 신난 목소리로 외쳤다.

"바로 단군 할아버지께 그렇게 해달라고 하자."

"가만있어봐. 그게 진짜 말이 되는지 한 번 더 생각해보고"

"생각은 무슨 생각. 그거 말 돼. 시간이 뒤로 돌아가면 그 돌아간 시간부터 다시 시작하는 건데 뭐가 어때. 야, 정말 우리 오빠 대단하네. 그리고 간단하네. 시간만 좀 뒤로 돌리는 거잖아. 저분들한테는 아무것도 아닐 거야. 식은 죽 먹기겠지 뭐."

다시 살아난 영희가 팔짝팔짝 뛰더니 발돋움하고 태수의 뺨에 뽀뽀했다. 태수는 그런 영희를 살며시 안았다.

11

　태수는 한참 동안 마음을 가다듬더니 '음, 음!' 하고 헛기침을 두세 번 해본 다음, 천상의 세계를 바라보며 큰 소리로 외쳤다.

　"거기 천상에 계신 조상님들, 제 말 들리세요?"

　단군과 천상의 영혼들이 모두 깜짝 놀라 천중을 내려다보았다. 지금까지 그다지도 조용한 가운데 얼굴을 찌푸릴 대로 찌푸리고 태수와 영희의 앞날을 걱정하던 조상님들에게 태수의 목소리는 마치 벼락 치는 소리처럼 크게 들렸다. 단군이 얼른 대답했다.

　"들린다. 아주 잘 들린다. 그런 걱정 하지 말고 네가 하고 싶은 말이 있으면 얼른 하거라."

단군의 목소리는 낭랑하면서 자상했다. 그리고 약간 들뜬
듯했다. 태수는 떨지 않으려고 가슴을 좍 펴면서 말을 시작
했다.

"단군 할아버님, 결론부터 말씀드리겠습니다. 지구의 시
간을 일주일 뒤로 돌려주세요. 꼭 그렇게 해주세요. 우리를
부모님과 헤어진 그 시간 그 자리로 돌려보내주세요. 시간
을 일주일 뒤로 돌려주신다면 우리가 어떻게 해서든지 전
쟁을 막아볼게요. 전쟁을 막으면 인류는 멸망하지 않을 거
아니에요. 인류는 지금처럼 살 수 있잖아요. 그리고 우리는
저기 보이는 저 지구에 가서는 못 살 것 같아요. 살기도 힘
들고, 부모님 생각도 나고, 어떻게 살아요. 그리고 우리는
부모님이 돌아가시는 것을 보지도 못했고, 돌아가셨다는 사
실을 믿을 수가 없어요. 장례도 못 치렀어요. 세상에 그런
법이 어디 있어요. 저는 부모님과 같이 살고 싶고, 결혼도
하고 싶고, 아기도 키우고 싶어요. 시간을 일주일만 뒤로 돌
려주세요. 정말 전쟁이 안 나게 어떻게든 해볼게요. 세종대
왕님! 세종대왕님은 한 번 해보셨잖아요. 한 번만 더 해주세
요. 한 시간 뒤로 돌려 저를 살려주었듯이 이번에는 모든 인
류를 살려주세요. 제발 시간 좀 돌려주세요. 다른 방법이 없

잖아요. 우리는 저기서 죽을지도 몰라요. 저하고 영희마저 죽으면 다 끝나는 거잖아요. 어떡해요? 정말 어떡해요? 살려주세요! 단군 할아버님! 살려주세요! 살고 싶어요!"

대수는 처음에는 차분하게 이야기를 시작했지만 나중에는 복받쳐 오르는 감정을 주체할 수 없어 이야기의 두서가 없어지고 목소리가 갈라졌다. 할아버지에게 살려달라고, 목숨을 구해달라고 애원하는 어린 손자였다. 태수는 고개를 떨어뜨리고 말을 잇지 못했다. 이번에는 영희가 냉정하게 말을 시작했다.

"사랑하는 조상님들! 조상님들의 자손들이 큰 잘못을 저질러 인류가 저렇게 모두 죽었습니다. 그런데 조상님들은 후손들이 저렇게 다 죽게 내버려두실 건가요? 아무리 잘못했다 해도 자식이 잘못되면 부모의 마음은 아픈 법이잖아요. 오빠 말대로 시간을 뒤로 돌려주세요. 그것이 어떤 일이고 어떻게 해야 하는지 우린 몰라요. 그렇지만 조상님들은 하실 수 있잖아요. 사람들을 저렇게 죽게 내버려둔다면, 애를 낳고 애가 잘못해서 목숨이 위태로워져도 모두 네 잘못이니 네가 책임져라 하는 거하고 뭐가 다르겠어요. 또 우리 둘이 저기 가서 죽어라 고생만 하면 조상님들은 마음 편하시겠어요?"

영희의 목소리가 한층 더 높아졌다.

"사람들이 저렇게 다 죽어도 이 천상에서 마음만 아파하시면 다예요? 그게 다예요? 그게 다냐고요. 그리고 우리 둘이 저기 가서 살라고요? 저기 가서 살다 죽으면 어떻게 하실 건데요. 안 됐구나, 할 수 없구나 하실 거예요? 너무 하시잖아요. 저기 사람들도 살게 하고 우리도 살려주세요. 제발 살려주세요!"

영희는 이성을 잃었다. 조상님들에게 마구 해대기 시작했다. 영희는 눈물을 콸콸 쏟았다. 뭐라고 더 막 소리를 지르는데 울음소리와 범벅이 되어 알아들을 수도 없었다.

영희는 옥좌에 앉은 단군의 소맷자락이라도 붙잡고 떼를 쓰고 싶어 손을 내밀어 단군을 잡아보려 했다. 영희의 마음을 꿰뚫어 본 단군이 변명하듯이 한마디 했다.

"내 육신은 이미 오래전에 흙이 되었느니라. 네가 보는 나의 모습은 허상이어서 아무것도 잡히지 않느니라."

영희가 흠칫 놀라 뒤로 물러났다. 그러고는 계속 눈물, 콧물 쏟으며 소리만 질러댔다.

"할아버지! 단군 할아버지! 살려주세요! 시간을 뒤로 돌려주세요! 조상님이시면 애들 살려주셔야 하는 거 아니에요?"

천중에서는 태수와 영희가 온갖 소리를 다하고 있었지

만, 천상의 세계는 여전히 조용하다. 아무도, 아무 말도 하지 못한다. 단군이 또 힘없이 말했다.

"아가야, 네 말은 알겠다만, 여기서도 시간을 뒤로 돌린다는 것은 쉬운 일이 아니다. 세종이 어렵게 저 아이를 한 시간 옮겨놓기는 했지만, 지상 전체의 시간을 돌린다는 것은 가능한 일이 아니다. 그리고 너희들이 어떻게 전쟁을 막는단 말이냐. 쉽지 않은 일일 것이다."

"저 아가 아니에요. 저도 다 컸어요. 저도 시간만 돌려주시면 무슨 일이라도 할 수 있는 나이란 말이에요."

"당차네!" 한쪽 옆에서 인수대비*가 낮게 혼잣말을 했다.

"그래, 아가야. 아가라고 해서 미안하구나."

"괜찮아요, 단군 할아버지. 그럼 어떻게 해요. 저기 가서 둘이 어떻게 살아요. 밥도 없고 빵도 없잖아요. 집도 없잖아요. 옷도 없어요. 추워지면 어떻게 살아요. 일주일만 시간을 뒤로 돌려주세요. 전쟁 막는 건 어떻게든 해볼게요. 부모님 계신 집으로 돌려보내주세요. 할아버지! 할아버지! 단군 할아버지! 살려주세요!"

영희의 목소리는 더욱 높아졌다. 천중을 이리 뛰고 서리 뛰며 울부짖었다.

"엄마! 엄마도 거기 있어? 아빠! 아빠도 거기 있어? 거기 있으면 안 돼! 그렇게 빨리 가면 안 돼!"

영희는 눈물, 콧물 다 쏟았다. 많은 영혼이 고개를 돌리고 눈물을 찍어내고 있었다. 단군, 세종, 강감찬 등도 숙연해지고 아무 말이 없다. 단군이 목멘 소리로 혼잣말처럼 중얼거렸다.

"아가들아, 알았다. 울지 말거라."

천상 세계의 침묵은 계속되고, 태수와 영희의 울음소리만이 퍼져나가고 있었다. 이 통곡과 이 고요가 언제 깨질지 아무도 몰랐다. 무한대의 시간이 지나가는 것 같았다.

마침내 천상 세계의 긴 침묵과 긴장이 깨졌다.

광개토가 앞으로 나와 단군 앞에 한쪽 무릎을 꿇었다.

"성조 폐하! 신, 광개토, 다시 한번 폐하께 아뢰옵니다. 폐하, 저 젊은이들의 말이 옳습니다. 소신이 조금 전에 말씀드린, 저들은 스스로 저지른 죄악으로 인해 벌을 받았다고 한 말은 없었던 일로 하여주시고, 저 젊은이들의 소원대로 시간을 돌려주실 것을 간청드리옵니다. 오히려 소신 등이 미처 생각하지 못했던 시간을 뒤로 돌려 인간의 멸망을 막아보겠다는 저 젊은이들의 충정이 참으로 가상하다고 해야 할 것입니다. 저들의 말대로 시간을 돌릴 수만 있다면, 그래서 무서운 전쟁을 막을 수만 있다면, 인간세계가 멸망하지 않을 수도 있사옵니다."

단군과 모든 영혼이 광개토의 진심 어린 주청을 귀를 기울여 듣고 있었다.

"폐하! 불과 어제와 오늘 사이에 수천, 수만 년 이어온 인간의 세계가 멸망하였습니다. 천상의 우리는 아무것도 할 수가 없습니다. 다행히 강감찬과 세종이 저 두 젊은이를 살려놓는 큰일을 하였습니다. 살아남은 저 두 사람의 노력으로 인간이 멸족하지 않을 수 있다면, 소신 등은 무슨 일이든 하여야 할 것입니다. 폐하! 아뢰옵기 황공하오나 소신, 생전에 많은 사람을 죽게 하였나이다. 전투 중에 군사들을 죽게 하였으며, 때로는 아무 죄가 없는 백성들, 부녀자들, 어린아이들까지 죽음에 이르게 하였나이다. 소신은 평생토록 말잔등에 앉아 백성을 위하는 일이라 여기고 많은 곳을 다니며 살생을 마다하지 않았습니다. 이제 속죄하는 마음으로, 그 영혼들을 위해서라도 만백성을 살리는 일에 있는 힘을 다하고자 하옵니다."

광개토가 단군에게 간청하는 사이에 그의 뒤에는 아들

장수왕이 역시 한쪽 무릎을 꿇고 부왕의 말씀을 경건하게 듣고 있었다. 장수왕 주변의 많은 고구려 왕들이 같은 자세로 광개토의 말에 따르겠다는 의지를 보이고 있었다.

근초고가 앞으로 나와 광개토 옆에 한쪽 무릎을 꿇고 힘주어 아뢰었다.

"폐하, 소신도 저 기특한 젊은이의 발상에 감탄을 금하지 못하였나이다. 또한 광개토의 말씀도 잘 들었습니다. 소신 또한 생전에 많은 사람을 죽였습니다. 그 죄를 갚으려면, 저 젊은이의 뜻이 이루어져 인간이 모두 삶을 이어가도록 하여야 할 것이옵니다. 성조 폐하! 소신 근초고! 시간을 돌리는 일에 기꺼이 혼신의 힘을 다하겠나이다!"

근초고 주변에는 많은 백제 왕이 모여 근초고와 뜻을 같이하겠다는 결의로 무릎을 꿇고 단군을 우러러보고 있었다.

이어 여기저기에서 영혼들이 무릎을 꿇었다.

"폐하, 저희들도 힘을 보태겠나이다."

어느 사이에 천상에 있는 모든 영혼이 단군을 향해 무릎을 꿇고 시간을 돌리는 일에 힘을 보태겠다고 맹세를 하고 있었다. 태수와 영희는 울음을 그치고 놀란 눈으로 천상의 세계를 바라보았다.

'아니! 저 조상님들이 모두 나서서 시간을 돌리는 일에 동참하시겠다고? 그것이 그렇게 어려운 일이었나? 시계 맞출 때 시곗바늘 돌리듯이 손가락 몇 번 움직이면 되는 일이 아니었어?'

그랬다. 시간을 뒤로 돌리는 일은 천상의 세계에서도 불가능에 가까웠다. 수많은 영혼이 한쪽 무릎을 꿇고 머리를 숙인 채 단군의 명을 기다리고 있었다. 천상은 고요했다. 천중의 태수와 영희도 조용히 다음에 어떤 일이 일어날지 몹시 떨리는 마음으로 기다리고 있었다.

단군왕검이 천천히 일어섰다. 얼굴에는 안도의 표정이 흘렀다. 곧 근엄한 표정으로 지팡이를 높이 들었다가 바닥에 '쿵!' 하고 내리쳤다. 모두에게 칭찬을 돌리며 장엄하게 결정을 선포했다.

"그대들이여! 장하오! 참으로 어렵고 힘든 결단을 내렸소! 우리 모두 희망을 가지고 저 두 젊은이의 뜻대로 힘을 모아 시간을 뒤로 돌리도록 합시다. 그리하여 우리의 소중한 후손들이 저다지 허망하게 멸족되는 것을 막아봅시다. 자! 힘을 냅시다! 시작하시오!"

단군이 지팡이로 '쿵, 쿵, 쿵!' 하고 바닥을 세 번 쳤다.

12

천상의 세계 위쪽에 커다란 시계가 하나 나타났다. 저 시계의 분침이 한 바퀴 돌면 한 시간이고, 스물네 바퀴 돌면 하루다. 일주일 뒤로 가려면 분침이 168바퀴 뒤로 돌아야 한다.

영혼들이 각자 단군에게 허리를 숙여 인사하고 가장 경건하고 정성 어린 자세로 영력을 모으기 시작했다. 어떤 영혼은 편히 앉아, 어떤 영혼은 무릎 꿇고, 어떤 영혼은 바닥에 엎드려 영력을 모았다. 어떤 부인은 소반에 정화수 한 사발 올려놓고 빌었고, 어떤 농부는 쟁기를 멈추고 영력을 모았다.

영력이 모이고 모여 마침내 시곗바늘이 움직이기 시작했다. 시곗바늘은 천천히 아주 천천히 뒤로 돌아가고 있었다. 시곗바늘이 뒤로 돌아가는 것을 본 영혼들은 더욱 간절히 빌고 또 빌었다. 하루 24시간, 또 하루 24시간, 천상의 영혼들은 자신의 영력이 모두 소진될 때까지 시곗바늘을 돌렸다.

영력이 다한 영혼은 '퍽!' 하며 산산조각으로 부서져 사라졌다. 사흘, 나흘이 지나자 여기저기에서 '퍽! 퍽!' 하며 영혼이 사라져 없어졌다. 그렇게 계속되는 영력의 집중과 소멸 속에서 거대한 시곗바늘은 느리지만 쉬지 않고 계속해서 뒤로 돌아가고 있었다. 태수와 영희는 너무 놀랐다.

"아니, 우린 아무것도 모르고 그냥 시간 돌려달라고 했는데, 저 조상님들은 영혼마저 부서져 사라질 때까지 후손들을 위해 희생하시는구나. 저분들은 살아서도 자식들을 위해 모든 것을 바치셨을 텐데, 이제 죽어서 영혼마저 후손들을 위해 희생하시는구나. 이럴 수는 없어. 이렇게까지 희생해야 하는지는 몰랐어!"

여기저기서 계속 영혼들이 부서지며 사라지고 있었다. 두 사람은 그만두시라고 하고 싶었다. 그러나 그럴 수가 없었다. 지극히 죄송하지만, 산 사람들을 살리기 위해서 돌아가신 조상님들에게 다시 한번 희생을 간청할 수밖에 없었다.

영혼들은 초연했다. 오로지 시간을 뒤로 돌리는 일에만 몰두했다. 이유도 없이, 조건도 없이 무념의 상태에서 영력을 모으는 일에만 집중했다. 그들의 머릿속에는 오로지 자손 걱정뿐이었다. 한 할아버지가 몹시 지친 표정으로 두 사람 앞으로 다가왔다. 곧 쓰러질 것 같았다.

"너희들이 참으로 큰일을 하는구나. 고생이 많다."

다음 순간 '픽!' 하며 그 할아버지 영혼이 눈앞에서 산산이 부서져 사라졌다. 태수와 영희는 너무 놀랍고 두려워 어찌할 바를 몰랐다. 허리가 거의 90도로 휜 할머니가 기다시피 하며 두 사람 앞으로 다가왔다.

"에구구, 예쁜 내 새끼들. 애쓴다. 근데, 아무리 바빠도 끼니는 잘 챙겨 먹어야 한다. 내 말 알겠지."

"네, 챙겨 먹을게요."

그 할머니 영혼도 부서져 사라졌다.

대여섯 살 된 어린 여자아이가 다가와 자랑스럽게 말했다.

"아저씨, 아줌마! 나도 시간 뒤로 가게 해달라고 엄마한테 빌었다. 아빠한테도 빌었다."

저 어린아이의 부모는 안 보인다. 저 아이는 저 나이에 죽어 여기 홀로 있는 것이다. 저 아이의 부모는 얼마나 마음이 아플까. 두 사람은 가슴이 아려왔다.

넓은 벌판에 한 무리의 병사가 줄을 맞추어 정렬해 있었다. 지휘관이 병사들 사이를 오가며 격려하고 있었다. 지휘관이 영을 내렸다. "1열, 앞으로!" 병사들이 "으아!" 하고 소리를 내지르며 시곗바늘에 달라붙어 뒤로 밀었다.

"힘내라. 힘껏 밀어라. 네 자손들의 목숨이 네 손에 달려 있다. 밀어라. 힘껏 더 밀어라."

병사들이 있는 힘을 다해 시곗바늘을 밀었다. 여기저기서 병사들의 영혼이 '픽! 픽!' 하며 부서져 사라졌다. 지휘관이 "다음!" 하고 외쳤다. 다음 줄의 병사들이 또 "으아!" 하고 소리를 내지르며 시곗바늘에 달라붙어 뒤로 밀었다. 잠시 후 병사들의 영혼이 또 '픽! 픽! 픽! 픽!' 하며 부서져 사라졌다. 지휘관의 "다음! 다음!" 소리는 계속 들려왔다.

어느 순간부터 병사들의 외마디 소리가 들리지 않았다. 병사들의 영혼은 모두 부서져 사라지고, 지휘관마저 사라졌던 것이다. 그 지휘관의 이름은 계백*이었다.

한쪽에서는 큰스님이 작은 스님들과 함께 가부좌를 하고 앉아 '아! 음!'을 반복하며 영력을 모으고 있었다. 백성들이

206

그 둘레에 모여 무릎 꿇고 두 손을 비비며 영력을 모았다. 큰스님은 사명대사*였다.

영희와 태수는 가슴이 무너져 더 이상 천상의 세계를 바라볼 수 없었다. 한 분 한 분에게 인사도 제대로 드릴 수 없어 허리를 숙이고 있을 뿐이었다. 그사이에도 많은 영혼이 두 사람에게 다가와 칭찬과 격려를 해주었고, 마지막으로 애잔한 눈길을 보내며 사라졌다. 멀고 가까운 곳에서 영혼들이 부서지는 소리는 더 자주, 더 크게 들려왔다. 두 사람은 허리를 펼 수가 없었다.

그렇게 하여 시곗바늘은 뒤로 돌고 돌아 마침내 일주일 뒤로 돌아갔다. 천상의 영혼들이 완전히 탈진하기는 했으나 안도하는 표정으로 모두 단군을 바라보고 있었다. 단군이 일어서서 드넓은 아사달광장의 영혼들을 둘러보았다.

"그대들의 노고가 참으로 컸소. 많은 영혼이 안 보이는구려. 그렇게 사라져가니 너무 마음이 아프오. 그렇지만 어찌겠소. 우리들의 귀한 자손들이 살아야 하지 않겠소. 자, 이제부터는 저 두 사람에게 다음 일을 맡겨봅시다."

---

* 1544~1610(67세). 법명은 유정. 임진왜란 때 승병을 모아 왜군과 싸웠다. 왜란 후 도일하여 강화를 맺고 포로 3천 명을 데리고 귀국했다.

단군이 천중의 태수와 영희를 그윽한 눈길로 바라보았다.

"태수야, 영희야, 너희 두 사람에게 너무 큰일을 맡겨 참으로 마음이 안타깝구나. 그러나 어쩌겠느냐. 이 일을 부탁할 사람이 너희들밖에 없구나. 저 지상으로 돌아가서 인간세계의 종말을 막도록 하여라. 너희를 믿는다. 몸조심하거라."

"네, 단군 할아버님. 믿음에 꼭 보답하도록 하겠습니다."

"그래, 잘 부탁한다. 수고하거라."

"네."

단군을 비롯한 천상의 모든 영혼이 태수와 영희를 애정과 기대 어린 눈길로 하염없이 바라보았다. 그 끝에 단군이 선언했다.

"신태수와 김영희는 부모님에게 돌아가거라!"

단군이 지팡이를 들어 '쿵! 쿵! 쿵!' 세 번 내리쳤다.

그 순간, 태수와 영희는 천중에서 지상으로 내려졌다. 태수와 영희가 지상으로 내려가자 천상의 세계는 다시 고요해졌다. 단군은 세종과 강감찬이 선택한 저 젊은이들이 잘해낼 것이라고 믿었다. 그러나 둘이 감당하기에는 너무 힘들고 벅찬 일이었다.

지상의 일에 간여한 천상의 영혼들은 모두 벌을 받게 될 것이다. 그러나 그런들 어떠하리. 후손들이 절멸을 면할 수 있다면 그것은 넉넉히 감수할 수 있는 일이었다. 단군 성조는 아사달의 옥좌에 앉아 먼 하늘을 바라보며 두 젊은이의 건승을 빌고 또 빌었다.

다시
지상의 세계

4.

1

태수와 영희가 부모님 앞에서 사라졌던 그 시각, 어둠이
내리기 시작한 광화문 세종대왕 동상 앞에 두 사람이 다시
나타났다. 두 사람이 천중에 있는 동안, 천상 세계에서 지구
의 시간을 일주일 뒤로 돌렸으므로, 그 일주일은 지구상에
서는 없던 시간이 되었다. 두 사람은 잠시, 불과 몇 초 동안
만 지상에서 사라졌다가 다시 나타난 것이다. 광화문광장
바닥에 주저앉아 있는 영희 어머니 앞에 영희가 다시 돌아
왔다.

"엄마 나 왔어, 나 돌아왔어!"

"아니, 영희야, 영희 아니냐."

"응, 나야 엄마. 나 돌아왔어."

"아이고, 영희야. 너 어디 갔다 왔니? 정말 다시 온 거니?"

"응! 이제 다시 어디 안 가! 나 완전히 돌아온 거야, 엄마!"

"아이고, 부처님! 하느님! 감사합니다! 감사합니다!"

"엄마! 엄마!"

모녀는 부둥켜안고 한참을 울었다. 태수도 부모님에게 허리를 깊이 숙여 인사했다.

"태수야, 돌아왔구나. 네 걱정을 많이 했다."

"어머니 아버지, 이제 걱정 안 하셔도 돼요."

"그래, 어떻게 된 건지는 나중에 들어보자. 놀라지는 않았니? 몸은 괜찮지?"

"네, 괜찮아요."

태수는 천중에서 보고 들은 일들이 너무 어마어마하고 복잡해서 아버지에게 그 일을 곧바로 다 말씀드릴 수 없었다. 태수와 영희와 가족들은 마음을 진정시켜가며 각자 집으로 돌아갔다. 집으로 가는 동안 광화문광장에서 있었던 그 설명할 수 없는 순간에 대해서는 아무도 한마디도 꺼내지 않았다. 태수는 집으로 돌아가며 지난 일주일을 돌이켜보았다.

'정말 힘든 하루하루였어. 지난 일주일이 꿈만 같네. 그렇지만 분명 현실이었어. 이제부터 핵전쟁과 인류의 멸망을 막아야 해. 시간은 이틀밖에 없어. 이틀 안에 무엇을 어떻게 해야 북한이 핵폭탄을 발사하지 못하게 할 수 있나.'

영희와 함께 의논하며 작업을 해야 했다. 집에 돌아오자마자 태수는 부모님께 영희와 결혼하겠다고 말씀드리고 허락을 받았다. 영희에게도 부모님에게 빨리 우리 집에 오셔서 상견례를 하자고 말씀드리라고 했다. 영희 부모님은 지금 당장 오시겠다고 했다. 한 시간도 안 되어 양가 가족이 다 모였다. 모두 일곱 명이었다.

"부모님들, 이렇게 갑자기 말씀드리게 돼서 정말 죄송합니다. 그런데 지금 사태가 몹시 급합니다. 자세한 것은 나중에 말씀드리겠지만, 당장 이틀 안에 영희와 제가 끝내야 할 일이 있습니다. 지금 이 자리에서 저희는 결혼할 것임을 말씀드립니다. 허락해주시기 바랍니다. 그리고 결혼식은 이 일이 끝난 다음에 바로 준비를 시작하겠습니다."

양가 부모님들은 어안이 벙벙해서 태수만 바라보고 있었다. 설명할 수 없이 어렵고 힘든 과제가 두 사람 앞에 놓여 있다는 것은 분명했다. 말하는 태수나 그 옆에 있는 영희도 몹시 긴장해 있었고 마음이 절박하다는 것이 가족들에게도 전달되었다. 결혼이야 허락하고 말고 할 여지가 없이 당연한 일이었다. 태수가 단호한 말투로 계속 말을 이어갔다.

"영희를 지금 우리 집에 오도록 허락해주십시오. 둘이서 함께 해야 할 일이 있습니다."

안팎 사돈들은 서로를 바라보며 눈만 껌벅거렸다. 지금 영희를 이 집에 보내라니. 그러나 어른들도 이미 '왜? 어떻게?'라는 것을 따질 수 없는 상황이라는 것을 알고 있었다. 침묵을 깨고 태수 아버지가 먼저 입을 열었다.

"아이들이 무슨 화급한 일이 있나 봅니다. 조금 전에 사돈께서도 이상한 일을 겪지 않으셨습니까. 저희도 요즈음 계속 알 수 없는 이상한 일을 겪고 있습니다. 제 의견으로는 아이들이 하자는 대로 하는 것이 좋을 것 같습니다."

영희 아버지가 바로 응답했다.

"사돈어른 말씀이 옳습니다. 저희도 그렇게 하겠습니다."

모든 사람이 머리를 끄덕이며 상황을 인정했다.

"얼른 집에 가서 간단히 준비해가지고 와."

"알았어."

영희네 가족들은 두말없이 자리에서 일어나 떠났다. 두 시간 후 영희는 캐리어 하나 달랑 끌고 태수 집으로 와서 태수 방으로 들어갔다. 두 사람은 방에 틀어박혀 꼼짝도 안 했다. 태수의 부모님은 두 사람의 작업에 방해되지 않도록 조심했다. 두 사람은 잠깐 방에서 나와 저녁 식사를 하는 둥 마는 둥 몇 숟가락 뜨고는 다시 방으로 들어갔다.

두 사람 앞에는 전 인류가 죽고 사는 문제를 해결해야 한다는 엄청난 과제가 놓여 있었다. 태수가 한숨 섞인 목소리로 물었다.

"뭐부터 해야지? 시간은 없고."

"그러게. 막상 닥치고 보니 막막하네. 오빠, 뭐부터 해야 하지?"

"글쎄."

두 사람은 방 안에서 머리를 쥐어짜며 궁리했다. 누구에게 알릴 수도, 도와달라고 할 수도 없고, 처음부터 끝까지 두 사람이 해결해야 할 일이었다. 힘에 겹고 지친 태수가 한탄했다.

"왜 이렇게 어려운 과제가 나한테 계속 떨어지는 거야?"

이번에는 영희도 잠자코 있었다. 지금은 12일 밤 10시다. 첫 번째 핵폭탄은 14일 오후 5시에 떨어졌다. 마흔세 시간밖에 남지 않았다. 영희가 나름대로 구체적인 안을 내보았다.

"내일 광화문 네거리에서 1인 시위라도 해볼까?"

"뭘 어떻게 하자고? 아무도 거들떠보지도 않을 거야."

"기자들 모아놓고 기자회견을 하면 어떨까?"

"뭘 가지고 기자회견? 기자회견 요청할 시간도 없고, 절
차도 모르잖아. 그리고 기자들, 그렇게 한가하지 않아. 우리
한테 웃긴다고 그럴 거야."

온갖 궁리를 다 해보았지만 두 사람이 풀기에는 너무 어
려운 문제였다. 진이 빠진 두 사람은 그대로 침대에 픽 쓰
러졌다. 그러나 곧바로 다시 일어나 앉았다. 누워 있을 수가
없었다. 태수가 좁은 방 안에서 하염없이 서성거렸다. 이런
예상 저런 예상, 이런 상상 저런 상상, 온갖 궁리를 다 해보
았다. 그러는 사이에 태수의 생활철학 하나가 머릿속에 또
떠올랐다.

'어려운 일은 쉽게, 복잡한 일은 간단하게.'

마침내 태수가 한 가닥 실마리를 잡았다. 이어 실마리가
풀리며 아이디어를 하나 잡았다. 괜찮은 아이디어였다.

"김영희, 이건 어떨까?"

"뭐가 떠올랐어? 영감이 왔어?"

영희의 눈이 반짝했다. 태수가 영희의 두 어깨를 손으로
잡고 눈을 뚫어지게 들여다보며 속삭였다.

"잘 들어봐. 말이 되는지."

영희도 태수의 눈을 뚫어지게 들여다보며 속삭이듯 말했다.

"빨리 얘기해봐."

"북한에 경고를 보내자. 우리가 당신들의 극비 사항을 샅샅이 모두 알고 있으니 당장 계획을 포기하라고 강력한 메시지를 보내는 거야."

"그거 좋네. 아주 좋네. 그렇게 해야지. 역시 오빠야. 그동안 잘 몰랐는데 이번에 보니까 오빠 정말 똑똑한 데가 있어. 어떨 때는 머리가 참 잘 돌아가. 아이디어가 괜찮아."

"김영희! 지금 그런 쓸데없는 소리 할 때가 아니라는 건 본인도 잘 알고 계시겠지요."

"네, 네, 알고 있고 말고요."

"우리가 천중에 있을 때 보고 들었던 기밀을 만천하에 공개하는 거야. 그래서 세상에 비밀이란 없다는 것을 알려주고, 그런 기밀이 어떻게 새 나갔는지 의문을 가지게 하고, 그래서 겁을 먹게 해서 계획을 중단하게 하자는 거야. 내 계획은!"

"와! 오빠 진짜 천재네!"

"됐고. 5인 회의의 존재를 알리고, 5인 회의에서 논의했던 내용을 폭로하는 거야. 사실 5인 회의는 우리가 천중에 있었으니까 알았지, 어떻게 5인 회의를 알겠어."

"맞아. 그걸 어떻게 알겠어. 그런데 그걸 누가 알고 있다는 사실을 알면 기가 막힐 거야."

"북한 5인 회의에서 누가 준비했던 시나리오를 공개하는 것이 좋겠지?"

"그래, 그게 효과가 바로 날 거 같네."

"그 문서 기억나?"

"거의."

두 사람은 머리를 맞대고 천중에서 보았던 일을 차근차근 기억에서 되살려냈다. 그다음 초안을 만들어 수정하고 또 수정하여 이렇게 완성했다.

받는 사람: 북한 당국자

보내는 사람: 대한민국 국민의 한 사람

제목: 무모한 계획 중단 요구

당신들 5인 회의에서 추진하는 계획은 만천하에 드러났습니다. 더 이상 무모한 도발을 하지 말고 그 계획을 즉시 중단하기 바랍니다. 그러지 않으면 당신들뿐 아니라 전 지구에 파멸이 올 것입니다. 이 경고를 무시하지 말기 바랍니다. 5인 회의에서 당신들이 극비로 토의했던 계획서 내용을 함께 보냅니다. 우리는 당신들이 하는 일을 다 알고, 다 보고 있습니다. 부디 파멸의 길로 가지 말기 바랍니다. 그 터무니없는 계획을 즉시 중단하세요.

 - 5인 회의 토의 내용 -

　1. 우리가 한 방 때리면, 남조선은 우왕좌왕하며 어떤 결정도 내리지 못할 것이다. 그때 재빨리 한 방 더 때린다. 두 방 때려도 미국이 핵폭탄으로 대응하지 않으면, 우리는 즉각 지상군을 내려보내 남조선을 접수한다. 남조선을 접수할 때는 너 죽고 나 죽자 식으로 강하게 밀어붙인다. 다음에는 미국이 핵폭탄을 우리에게 쏘지 않도록 비위를 맞추고 외교적 조치를 취한다.

　2. 우리가 한 방 또는 두 방 날리는 즉시 미국에서 여러 방 날아오면 우리는 지하 시설로 들어가 추이를 살펴본다. 우리가 견딜 수 없을 것 같으면, 중국에 지원을 요청하고, 그것도 여의치 않으면 미국에 선처를 부탁한다.

　마지막으로 다시 한번 경고합니다. 지금 즉시 위와 같은 계획을 중단하지 않으면 당신들에게 내일은 없을 것이며, 그러한 경우, 모든 책임은 그쪽에 있음을 명백히 밝히는 바입니다.

"이걸 어떻게 알리지?"

"SNS에 올려야지. 유튜브, 페이스북, 트위터, 인스타그램, 또 뭐 있나? 거기 다 올려야 해."

"그래, 거기 다 올리자."

두 사람은 아는 지식을 총동원해 곧바로 가능한 SNS에 이 내용을 다 올렸다. 그것도 시간이 꽤 걸렸다. 빠르게 몇 개의 댓글이 올라왔다. "이게 뭐예요?" 아니면 "진짜예요?" 같은 수준이었다. 이때 시각이 13일 새벽 1시였다.

"저 사람들이 볼까?"

"보겠지. 그런데 이 경고를 받아들일지는 잘 모르겠네."

"경고를 무시하면 어떡하지?"

"글쎄."

"그럼 어떡해?"

"다른 길이 없잖아. 저쪽에서 이걸 보고 스스로 계획을 포기하게 하는 길밖에는 없어. 저쪽에서도 이걸 보면 뜨끔할 거야. 그런데 그런 어마어마한 계획을 이걸 보고 중단할까? 이미 죽기를 각오하고 시작한 일인데."

"그럼 어떡해. 다른 방법 없어?"

"이럴 때 천상에서 누가 좀 도와주시면 좋을 텐데."

"그분들이 어떻게."

"그건 나도 모르지."

그 많은 천상의 영혼이 두 사람을 믿고 자신들의 영혼까지 부서져 사라지게 하면서 시간을 뒤로 돌려주었으나 태수와 영희가 할 수 있는 일은 극히 제한적이었다. 두 사람은 시간도 없고 더 이상의 방법도 찾지 못하고 있었다.

"북한에서 이 경고를 무시하고 핵 공격을 하면 어떻게 되지?"

두 사람은 그런 경우는 상상하기도 싫었다. 일단 여기까지 해놓고, 서로 손을 꼭 잡고 잠시 눈을 붙였다.

2

북한의 5인 회의는 자정이 조금 지나 끝났다. 서로 수고들 했다고 치하하며, 앞으로 일이 잘될 거라고 덕담도 나누었다. 5인이 회의실을 떠나고 지도자 동지도 홀가분한 마음으로 막 집에 도착한 순간이었다. 남조선 각 매체와 SNS에 올라온 내용이 지도자 동지에게 즉각 보고되었다. SNS를 들여다본 지도자는 새파랗게 질려 부들부들 떨었다.

"아니, 이거이 뭐이가! 이거 나보고 하는 소리 아이가! 어느 놈이 감히 이따위 짓을! 야, 당장 회의 소집하라우!"

집에 도착했거나 돌아가는 중이던 5인은 긴급 호출되어 회의실에 다시 모였다. 지도자는 출력된 SNS 내용을 집어

던지며 펄쩍펄쩍 뛰었다. 5인은 종이를 집어 들고 얼른 읽어보았다. 곧바로 모두 얼굴이 사색이 되었다.

"야, 이 간나 새끼들아! 어느 놈이야. 어느 놈이 간첩이야. 어느 놈이 스파이냐고. 아니, 우리 회의 내용을 어떻게 이렇게, 이렇게 빨리 글자 한 개 안 빠지고 남조선 놈들이 다 알고 있냐고. 야, 양 동무 너지. 네가 간첩이지. 네가 이거 만들었잖아. 왜 알려줬어. 언제, 어떻게 알려줬어. 회의 끝난 지 한 시간도 안 지났는데 저 남조선 새끼들이 어떻게 이걸 아냐고. 이 간나이 새끼야. 빨리 불으라우, 빨리."

지도자의 분노는 걷잡을 수 없었다. 그럴 수밖에 없었다. 이 기밀이 새 나갔다는 사실은 도저히 상상할 수도, 이해할 수도 없는 일이었기 때문이다.

지도자 동지의 말이 맞는다. 이 중에 간첩이 있지 않고서야 이 내용이 외부로 유출될 수는 없다. 회의 내용을 아는 사람은 지도자와 다섯 동지밖에 없고, 다른 곳으로 새 나갈 시간도 없었다. 그리고 철통같은 보안의 이 회의실에는 도청 장치나 몰래카메라 같은 것이 있을 수 없다.

"야, 간첩 새끼래 빨리 자수하라우. 그리고 이거이가 어떻게 된 거인지 진상을 밝히라우. 당장 밝혀내서 보고하라우. 알간? 이 나쁜 놈의 스파이 새끼들아. 빨리 꺼져!"

오전 9시에 회의가 다시 소집되었으나 누구도 말이 없었다. 지도자는 혈압이 너무 올라 약을 먹고 진정해야 했기 때문이고, 지도자로부터 간첩 혐의를 받는 나머지 5인은 이미 죽은 목숨이나 마찬가지여서 말할 의지도 기력도 없었기 때문이다.

내일 오후 5시에 핵폭탄을 발사하기로 예정되어 있고, 모든 준비는 완료된 상태다. 그런데 이 기밀이 누설되었다면, 예정대로 발사한다는 것도 위험하다. 남조선이 미리 대비를 하고 있으면 발사가 무의미해질 수 있고, 어떤 되치기를 당할지 모르기 때문이다.

"간첩 새끼래 자수를 안 하누만. 좋아. 고놈의 아새끼는 잡히기만 하믄 내 직접 깝질을 벗겨서 구워 먹을 거이다. 그건 그렇고, 이 계획은 어쩔 거이가. 계속 보류야, 아니면 추진이야. 결정을 해야 할 거이 아니야, 결정을."

이 순간에 누가 무슨 말을 할 수 있겠는가.

"결정을 못 하겠단 말이지. 좋아. 오늘 중으로 간첩 새끼를 잡아내라우. 못 잡아내믄 네놈 새끼들은 몽땅 내일 아침에 총살이다. 알간! 네놈들 다 총살한 다음에 내가 알아서 할 거이다. 알간! 살고 싶으면 빨리 나가서 간첩을 잡아 오라우. 빨리 꺼지라우. 이 간나 새끼들아!"

다섯 동무는 회의실에서 총알처럼 튀어 나갔다. 간첩 잡으러. 그러나 간첩이 어디 있단 말인가. 간첩이 있다면 이 다섯 명 중의 하나다. 다섯 동무는 모두 같은 상상을 했다.

'우리 중 어느 놈이 간첩이야? 모르겠네. 간첩을 잡을 수 없다면, 한 놈을 간첩으로 몰아세울까? 그런데, 잘못 옭아매다가 내가 뒤집어쓸 수도 있는데.'

덮어씌우기도 어려웠다. 다섯 동무들은 진상을 알아보려고 각자 추리력을 최대한 발휘하고, 한편으로는 국내외 정보망을 총동원해 SNS의 발신자를 추적해보았다. 그러나 SNS 발신자는 서울 광화문에 거주하는 세종대왕으로 되어 있었다. 그 이상은 아무것도 추적이 안 되었다.

추리는 벽에 부딪치고, 발신자 추적도 안 되니 다섯 동무는 몸과 마음이 다급해지기만 했다. 다섯 동무의 부하들은 상관이 무슨 말을 하는지 잘 이해하지도 못했다. 다섯 동무의 목숨은 이제 하루도 안 남았다.

그날 하루 종일 지도자는 분노와 의문과 좌절에 씩씩거렸다. 앉았다 일어섰다, 뒷짐 지고 사무실을 왔다 갔다, 두 주먹으로 책상을 꽝꽝 내려치다가 몸을 부르르 떨기도 했다. 그렇게 하루가 다 지나가고 밤이 깊어갔지만 그 누구한 테서 그 어떤 보고도 없었다.

일단 간첩 잡기는 접어둔다 하더라도, 내일 핵폭탄을 발사할 것인지 말 것인지 결정해야 하는데 쉽게 답이 나오지 않았다. 지도자는 혈압약을 하나 더 먹고 새벽녘이 되어서야 거우 잠이 들었다.

3

지도자가 겨우 잠이 들고 얼마나 지났을까. 어디선가 '쿵!
쿵! 쿵! 쿵!' 하고 땅이 울리는 소리가 들려왔다. 처음에는
잠결에 그 소리가 까마득하게 들렸는데 점점 가까이 오며
크게 들렸다. 지도자는 잠에서 깨어나 침대에 걸터앉았다.

'쿵! 쿵!' 소리와 함께 깜깜한 저 앞에서 빛 한 덩어리가
움직이며 천천히 다가오고 있었다. 그 빛 덩어리는 사람이
었다. 큰 지팡이를 들고 있었고, 지팡이로 바닥을 짚을 때마
다 '쿵! 쿵!' 소리가 울리고 있었다. 그 사람은 지도자 앞에
섰다.

사람은 사람인데 사람 같지 않았고, 온몸에서 빛이 나고

있었다. 크지도 작지도 않은 키에 강건해 보이는 체격, 갸름하고 하얀 얼굴, 맑고 빛나는 눈빛, 특이한 복장을 하고 있었다. 얼굴과 몸매에는 뭐라 형용할 수 없는 고귀함과 위엄이 가득했다. 지도자는 저런 모습의 인간을 본 적이 없었다.

'사람이야? 귀신이야?'

지도자는 가슴이 서늘해지며 긴장되었다.

지도자를 한참 노려보던 그 사람은 '쿵!' 하고 지팡이를 크게 내리치며 호통쳤다.

"네 이놈!"

온화해 보이던 밝고 하얀 얼굴이 갑자기 푸른색으로 변하며 눈썹 끝이 올라가고 눈은 불타는 듯이 충혈되었다. 피가 멈출 것같이 무서운 얼굴이었다. 음성은 사람의 소리가 아니고 벼락이 떨어지는 소리였다.

"네 어찌 죄 없는 백성을 다 죽이고 인류를 멸망시키려하느냐. 당장 멈추어라!"

지도자는 정신이 아득해졌다. 간신히 입을 떼고 물었다.

"누구시온지?"

"나는 단군이니라!"

"단군이라니요? 그 시조 단군이란 말씀이시온지?"

"그렇다. 내가 그 시조 단군이니라."

230

지도자는 저 사람이 단군이라고 하니 우선 절이라도 하려 했으나 몸이 움직이지 않았다. 다시 간신히 입을 떼고 물었다.

　"어쩐 일로 여기까지?"

　"그걸 몰라서 묻느냐. 네놈이 하는 짓 때문이다. 내가 묻겠노라. 그 계획을 중단하겠느냐? 아니면 지금 이 자리에서 심장마비로 죽겠느냐?"

　"무슨 말씀이시온지?"

　지도자는 순간 깨달았다.

　'저 귀신은 우리 계획을 다 알고 있다. 아니, 어떻게?'

　지도자는 온몸에 전기가 이리저리 치고 지나가는 듯이 찌릿찌릿했다. 도대체 이게 무슨 일이란 말인가. 깜깜한 한밤중에 이게 무슨 해괴한 일이란 말인가. 지도자는 '정신 차리자! 정신 차려야 한다!'고 속으로 되뇌었다.

　'저 단군인지 귀신인지는 우리 계획을 다 알고 있다. 어떻게 알았지? 어떻게 알았냐고. 그런데 지금 중요한 것은 어떻게 알았냐가 아니고 나한테 뭘 요구하고 있느냐다.'

　'설사 우리 계획을 알았다 하더라도, 또 단군 시조라 하더라도 나한테 계획 중단이니 심장마비로 죽느니 하는 말을 해서는 안 되지. 남의 일에 참견해서는 안 되지. 이거이가 얼마나 중대한 계획인데 여기서 중단해. 계획 중단은 말이 안 되고, 내가 죽는다는 건 더구나 말이 안 되지.'

"어찌하겠느냐!"

단군의 호통이 다시 떨어졌다. 그 순간 지도자는 남조선 SNS에 올라온 내용이 떠올랐다.

'그렇다면, 그 SNS 문건들을 저 귀신이 만들었다는 말인가? 아니야, 아니야. 그럴 수는 없어. 수천 년 전에 죽은 사람이 내 계획을 어떻게 알고, 어떻게 그렇게 빨리 SNS를 만들 수 있냐는 말이야. 그건 있을 수 없는 일이지.'

'그럼 도대체 그 SNS는 뭐이고, 저 단군인지 귀신인지는 뭐이야. 또 계획 중단이니 심장마비는 뭐이야. 아, 이거이 도대체 어떻게 된 거이야. 어떻게 돌아가는 거냔 말이야. 아, 이거 정말 미치갔네!'

지도자는 정신이 오락가락했다.

"빨리 대답하여라!"

"그거이가, 기리니끼니."

"얼버무리지 말아라. 중단이냐, 죽겠느냐 그것만 대답하여라."

지도자는 지금 벌어지는 이 말도 안 되는 상황이 예삿일이 아님을 깨달았다. 말을 잘못 했다가는 정말 죽을지도 모른다는 생각이 들었다.

"기리니끼니, 그거이가, 그거이가."

또다시 얼버무렸다. 단군이 천천히 두 팔을 들어 크게 심장 모양을 그렸다. 가슴 앞에서 두 손을 모으고 손가락 끝이 지도자를 향하게 했다. 손가락 끝에서 가느다란 분홍색 빛이 나오더니 곧바로 지도자의 가슴에 꽂혔다.

지도자는 갑자기 가슴에 극심한 통증을 느꼈다. 정말 죽을 것 같은 고통이었다. 가슴을 움켜쥐고 머리를 앞뒤로 흔들었다. 숨이 막혀 입에서는 아무 소리도 안 나왔다. 눈앞이 캄캄해졌다. 아팠다. 너무나 아팠다. 죽을 듯이 아팠다. 단군이 다시 엄중한 목소리로 물었다.

"중단하겠느냐, 죽겠느냐! 둘 중의 하나를 택하여라!"

귀가 터지고 머리가 부서질 것 같은 큰 소리였다. 가슴은 그대로 빠개지고 정말 이대로 심장이 터져 죽을 것 같았다. '견뎌보자, 참아보자!' 했으나 고통은 참을 수 있는 한계를 훨씬 넘어섰다. 지도자는 '죽는구나!' 하고 느꼈다.

"마지막으로 묻겠노라! 중단하겠느냐, 죽겠느냐?"

또다시 천둥소리가 터졌다. 머리, 가슴이 다 타고 다 터지는 것 같았다. 너무 아파 정신이 몽롱해지고 온몸이 흐물흐물해졌다.

'살아야지! 살아야지! 살아야 해!'

그때 천둥 치는 소리가 다시 들려왔다.

"마지막으로 묻겠노라! 중단하겠느냐, 죽겠느냐?"

아득한 곳에서 들려오는 메아리 같았다.

'이게 진짜 마지막이구나!'

악다문 지도자의 입에서 비명이 튀어나왔다.

"중단하겠습니다, 단군 조상님!"

"확실히 그리하겠느냐?"

"예, 중단하겠습니다."

단군이 지도자를 한참 동안 내려다보았다.

"내 그리 알고 가마."

잠시 후, 서서히 고통이 가시기 시작했다. 일그러졌던 얼굴이 펴지고, 감겨 있던 눈이 떠졌다. 눈앞에는 깜깜한 어둠밖에 없었다. 단군 조상님은 사라졌고 가슴의 통증도 가라앉았다. 눈을 깜박거려보았으나 눈앞에는 깜깜한 어둠뿐이었다.

'이게 뭐이지? 꿈인가? 아니야, 꿈은 아니야. 그러면 생시인가? 아니야, 생시도 아니야. 그럼 이게 뭐이가. 도대체 무슨 일이 있었던 거이가.'

가슴에 손을 올려보았다. 통증도 없고 아무 일도 없었다.

그런데, 이마와 뺨에서 땀이 주르륵 흘러 떨어졌다. 그 찰나 같던 순간에 엄청난 땀을 흘린 것이다. 지도자는 흐르는 땀을 닦지도 못하고 멍청히 앉아 있었다.

'아까 그거이가 정말 단군이었단 말이가? 그러면 계획을 중단해야 한단 말이가? 어떻게 마련한 계획인데, 지금 와서 중단해. 할아버지 때부터 그렇게 애를 써서 만든 계획인데, 지금 중단해? 그런데 중단하지 않으면, 그 단군인가 뭐인가 하는 귀신이 또 나타나면 어떡해. 또 그렇게 아프면 어떡해. 그러다가 정말 죽으면 어떡해.'

이미 새벽이 다가오고 창밖이 희미해지기 시작했다. 지도자는 다시 잠들지 못했다. 마음속으로 할아버지와 아버지를 부르며, 현실과 비현실 사이에서 땀에 젖은 몸을 뒤척거리기만 했다.

4

태수와 영희는 SNS에 경고를 올려놓고 기다렸다. 북한에서 마음을 바꾸어 핵폭탄 발사를 중지하기만을 바라며 무작정 기다렸다. 그렇게 기다리는 것 말고는 할 수 있는 일이 없었다.

오늘은 9월 14일이다. 한국의 중부 내륙지역에 첫 번째 핵폭탄이 떨어졌던 날이다. 오늘 오후 5시에 북한이 핵폭탄을 발사하느냐 안 하느냐에 따라 인류의 운명이 결정된다. 오늘은 그야말로 운명의 날이다.

두 사람은 아침부터 불안하기 짝이 없었다. 오전은 아무

일 없이 넘어갔다. 두 사람의 긴장은 점차 고조되었다. 오후 1시, 2시, 3시, 4시가 지나면서 두 사람의 긴장은 극에 달했다. 앉아 있을 수도, 서 있을 수도 없었다.

중부의 M시와 남부의 S시의 피폭 장면과 주민들이 죽어가는 모습이 눈앞에 나타났다. 캄캄한 밤에 여기저기 불타고 사람들이 쓰러져 있고, 그 사이를 산 사람이 허우적거리며 지나가고 있었다. 그러다가 푹 고꾸라지는 사람도 있었다. 너무나 끔찍했다.

'저 장면이 실제가 되면 안 돼. 절대로 안 돼.'

지진으로 갈라진 땅속에 빌딩들이 끌려 들어가고, 지구 여기저기서 화산이 펑펑 터지는 모습도 보였다. 거대한 쓰나미가 해안을 덮치는 광경과 도로에 나와 꼼짝도 하지 않는 쥐 떼도 보였다.

'안 돼! 안 돼!'

5시가 다가오고 있었다. 영희의 어깨를 감싸 안은 태수의 손에 힘이 들어갔다. 두 사람은 아까부터 TV와 라디오를 함께 틀어놓고 있었다. 핵폭탄이 떨어지면 화면 자막에 긴급 특보가 뜰 것이고, 라디오에서도 다급하게 소식을 전할 것이다.

긴장을 풀기 위해 TV 채널을 다른 곳으로 돌려보았다. 주인공 남녀가 늙고 뚱뚱한 개 한 마리를 끌고 해변을 산책하는 옛날 외국영화가 화면에 등장했다.

라디오의 시그널이 '틱, 틱, 틱, 땡!' 하고 5시를 알렸다. 아직 아무 일이 없다. 라디오에서는 정규 뉴스만 나오고 있었다. 저쪽에서 핵폭탄 미사일을 발사하면 날아오는 시간이 있다. 시속 1만 2천 킬로미터(마하 10), 분속 200킬로미터로 300~400킬로미터를 날아온다고 가정하면 5시 2분쯤에 폭탄이 떨어져야 한다.

하나, 둘, 셋, 넷, 다섯, 여섯, 두 사람은 가슴이 터질 것 같은 긴장감으로 1초씩 60까지 세었다. 1분이 지나갔다. 다시 하나, 둘, 셋, 넷, 다섯, 여섯, 1초씩 60까지 세었다. 2분이 지나갔다. 가슴이 시큰거리며 숨이 멎을 것 같았다.

저쪽에서 핵폭탄을 발사하면 이쪽에서 그것을 감지하고 요격미사일을 발사할 수도 있다. 천중에서 보았을 때, 그런 일은 없었다. 지금도 그런 일은 없는 것 같다. 기운이 빠진 두 사람은 숫자 세기를 멈추었다.

"제발! 제발!"

영희는 태수 등에 기대어 훌쩍거리고 있었고, 태수는 멍하니 앉아 있었다. 지금 두 사람 귀에는 아무 소리도 들리지 않았다. TV 소리, 라디오 소리가 들리지 않았다. 완전히 진공상태였다. 이 진공상태가 깨지지 않아야 했다. '가만히, 가만히, 조용히, 조용히.' 이 순간이 넘어가야 했다.

아직 아무 일이 없다. 3분, 4분이 지나갔다. 아직도 아무 일이 없다. 다시 하나, 둘, 셋, 넷 하며 60초까지 세었다. 5시 5분이 지났다. 두 사람이 얼굴을 마주 보았다. 그러나 아직 안심할 단계는 아니다. 무언가 착오가 있어 시간이 달라질 수도 있고, 방송이 늦어질 수도 있다. 긴장의 끈을 놓을 수가 없다. 6분, 7분, 8분이 지나갔다. 5시에 발사했다면 핵폭탄은 벌써 떨어졌어야 했고, 방송은 늦어도 지금쯤은 무엇인가 알려야 했다.

태수가 긴박감을 견디지 못해 TV 채널을 아무 데나 마구 돌려보고, 라디오 주파수도 돌려보았다. 어디에서도 다급한 목소리는 들리지 않았고, 긴급 자막도 뜨지 않았다. 아무런 특이 사항이 없는 것이다. 태수는 침대에 벌러덩 누웠고 영희는 계속 TV만 들여다보고 있었다. 5시 10분이 지났다. 아직도 아무 일이 없다.

북한에서 어떤 돌발 사태가 일어나 발사가 지연될 수도 있다. 그러나 천중에서 보았을 때 첫 번째 핵폭탄은 분명히 5시 조금 지나 떨어졌었다. 그런데 지금 5시 15분, 20분이 지나가고 있다. 조금만, 조금만 하면서 더 기다리다보니 5

시 반이 넘었다. 아직 아무 일도 없다. 9월 14일 오후 5시에 북한에서 핵폭탄을 발사하지 않은 것이 분명해졌다.

천상 영혼들의 노력으로 시간을 뒤로 돌려 새로운 일주 일을 만들어내면서 핵전쟁은 일어나지 않았고, 역사가 바뀐 것이다. 내일까지 기다려봐야 확실해지겠지만, 인류는 멸망 을 면하고 생존을 이어가게 된 것이다. 5시 40분, 50분이 지 나고 6시가 되었다. 영희가 만세를 불렀다.

"만세! 됐다! 됐어! 우리가 해냈다! 오빠! 우리가 해냈어!"

태수는 온몸의 기운이 다 빠진 채 중얼거렸다.

"그래! 우리가 해냈어! 우리가 해냈지!"

그 순간, 태수의 눈앞에 천상의 조상님들이 떠올랐다. 갑 자기 가슴이 아파왔다. 정말 가슴에 통증이 왔다. 참았다. 영희에게도 아프다는 말을 안 했다. 태수는 책상 앞에 앉아 통증을 참고 있었고, 영희는 방 안을 이리저리 뛰어다녔다.

잠시 후, 태수의 가슴통증은 가라앉았다. 두 사람은 서로 몸이 으스러져라 부둥켜안고는 감격스러워했다. 6시 반쯤 에 둘은 방에서 나왔다.

"엄마, 아버지, 일단 한고비는 넘긴 것 같아요. 어휴, 정말 혼났네! 밥 좀 주세요."

부모님은 무슨 일인지도 모른다. 애들이 한고비 넘긴 것 같다니 그런 줄 알고 고마워할 따름이었다.

"그랬니. 다행이구나. 정말 수고가 많았다. 나도 시장하구나. 여보, 저녁 먹읍시다."

영희가 주방으로 달려가 식사 준비를 도우려 했다.

"아니다, 너는 좀 쉬어라."

영희가 갑자기 식탁 의자에 앉아 어깨를 들썩이며 아예 통곡을 했다. 식구들이 모두 깜짝 놀랐다. 지난 열흘 동안에 받았던 스트레스가 울음으로 터져 나온 것이다. 태수는 이해했다. 사실 자기도 저렇게 눈물이 쏟아질 것 같았기 때문이다. 태수 어머니가 영희를 안고 등을 두드려주었다.

"영희야, 괜찮다. 이제 괜찮다. 아가, 울지 말거라."

태수 어머니의 다독거림에 영희는 울음을 멈추었다. 영희는 저녁을 몇 숟가락 뜨기는 했다. 부모님은 그런 영희를 보기가 너무 안쓰러웠다. 태수는 겨우 젓가락질하는 영희를 바라보는 어머니의 손이 가늘게, 아주 가늘게 떨리는 것을 보았다. 태수가 아버지에게 말씀드렸다.

"아버지, 내일 이 시간까지 아무 일이 없으면 우리는 사는 거예요. 이건 정말 큰일이에요. 우리 모두, 전 인류가 죽고 사는 큰일이에요."

"그렇게 큰일이었니? 인류 전체가 죽고 사는 일이었어?

그게 그런데, 어떻게? 왜? 무슨 일로? 어떻게 네가? 네가 어떻게?"

평소 그렇게 침착한 태수 아버지도 태수의 말뜻을 이해하고 공감하기 쉽지 않아 말을 조금 더듬거렸다.

"네, 정말 인류 전체가 죽고 사는 일이에요. 나중에 다시 말씀드릴게요. 하여튼 엄청난 일이에요. 아버지도 잘 이해가 안 되실 거예요."

태수 아버지는 아무 말도 하지 않았다. 그저 아들 말만 믿을 뿐이었다. 그리고 아들 말대로 아무것도 이해가 되지 않았다. 태수 아버지가 혼자 중얼거렸다.

"전 인류가 죽고 살아? 그런 일이 어디 있어? 전 지구상의 핵무기가 한꺼번에 터지기나 하면 모를까? 그런 일이 어떻게 있어? 그런데 재가 그렇다니, 안 믿을 수도 없네."

의문만 커진 태수 아버지의 머릿속에 병원 중환자실에서 사람들이 웅성거리던 일, 광화문에서 세 사람이 사라졌던 일, 또 두 번이나 쓰러졌던 자신의 건강이 이렇게 좋아진 일, 태수가 말한 전 인류가 죽고 사는 일 등 이해되지 않는 사건들이 연속으로 떠올랐다.

태수 아버지는 가슴이 뻣뻣해지는 듯한 긴장감을 느꼈다. 나조차 이런데 그렇게 큰일을 실제로 겪고 있는 애들은 오죽하겠나. 아버지로서 아무것도 도와줄 수 없다는 사실이 안타까울 뿐이었다. 아버지는 긴장을 풀기 위해 뜬금없는 제안을 하나 했다.

"그래, 너희들만 믿는다. 잘될 거야. 내일만 무사히 넘기면 된다니 내일 하루 잘 넘겨보자. 그다음에 우리 모두 어디 여행이라도 한번 다녀오자. 어디로 갈까? 그래, 시원한 바닷가가 좋겠다. 동해? 서해? 부산? 남해안의 섬? 아니면 산도 괜찮은데. 여보, 당신은 어디가 좋겠소?"

그러나 아무도 아버지의 여행 제안을 귀담아듣지 못했다. 태수와 영희에게는 아직 내일이 남아 있었고, 어머니는 애들이 애쓰는 것이 너무 안쓰러워 눈물이 날 지경이었다. 그러니 여행 이야기가 귀에 들어올 수 없었다.

5

9월 15일이 되었다. 두 번째 핵폭탄이 떨어졌던 날이다. 태수와 영희는 어제보다 더 긴장했다. 오늘까지 핵폭탄이 안 떨어지면 핵전쟁은 일어나지 않는 것이다. 북한에서 핵전쟁을 포기했다는 것이 확실해진다. 그러나 어제 핵폭탄이 안 떨어졌다고 오늘도 안 떨어지리라는 보장은 없었다.

태수와 영희는 안절부절못하며 오전 시간을 다 보냈다. 아침은 먹는 둥 마는 둥, 점심은 아예 못 먹었다. 부모님은 밥 먹으라는 말도 못 꺼냈고, 태수 방 앞에 다가가지도 못했다.

오후 1시, 2시, 3시, 4시가 차례차례 지나갔다. 4시 30분이 되었다. 태수는 온몸이 저려와서 도저히 앉아 있을 수 없었다. 일어나 방바닥에서 팔굽혀펴기를 했다. 평상시에는 쉰 개를 했는데 오늘은 서른 개를 하니 팔이 후들거려 더 할 수가 없었다. 영희는 태수를 보지도 않고 TV만 눈이 빠지게 들여다보고 있었다.

'틱, 틱, 틱, 땡!' 5시가 되었다. 하나, 둘, 셋, 넷 하며 1초씩 셌다. 60초가 지나갔다. 매초가 지나갈 때마다 가슴이 시큰거렸다. 5시 1분이 지나갔다. 이제부터가 진짜다. 숫자를 셀 기운도 없다. 숨을 쉴 수가 없었다. 그렇게 2분이 지나갔다. 아직 아무 일도 없다.

5시 3분, 4분이 지나가고 있었다. 태수는 눈에 눈물이 고이는 것을 느꼈다. 심호흡을 몇 번 했다. 두 눈에서 눈물이 주르르 떨어졌다. 얼른 손등으로 눈물을 닦고, 심호흡을 몇 번 더 했다.

5시 5분, 6분이 지나갔다. 태수는 일어나 방 안을 왔다 갔다, 의자에 앉았다 일어났다 했다. 영희는 계속해서 손가락 하나 까딱하지 않고 TV만 노려보고 있었다. 아직 아무 일이 없다. 7분, 8분, 9분, 10분이 지나갔다.

5시 20분이 지나고 30분이 지났다. 두 사람은 안도의 숨을 쉬기 시작했다. 이제는 됐다. 북한은 핵 공격을 포기했고, 두 사람이 그렇게 염려했던 핵전쟁은 지구상에서 일어나지 않았다. 지구가 멸망하는 일은 일어나지 않았고, 인류는 현재의 삶을 계속 누릴 수 있게 되었다.

6시가 지나가고 있었다. 태수와 영희는 해냈다는 보람과 살았다는 기쁨으로 온몸에 전율을 느꼈고, 가슴에는 충만한 환희가 용솟음쳤다. 그리고 숭고한 조상님들의 희생이 헛되지 않았다는 사실에 감격해 가슴이 벅차올랐다. 태수와 영희는 어제보다 훨씬 편안하고 느긋한 마음으로 서로를 꼭 껴안았다.

6시 반쯤 방에서 나온 두 사람은 아무 말 없이 감격스러운 표정으로 부모님에게 환한 미소를 보냈다. 부모님도 밝은 미소로 응답했다. 어머니가 영희를 안아주었다.

"아가, 고생 많았다."

"네, 어머님."

어머니가 영희를 안은 채로 아버지를 보며 말을 건넸다.

"여행은 그만두고 저녁 먹고 요 뒤에 산책이나 갔다 옵시다."

저녁 식사를 마친 다음, 네 식구는 산책을 나갔다. 어머니와 영희가 손을 잡고 앞장서 걸었고, 태수는 아버지에게 그동안에 있었던 일들을 개략적으로 설명해드렸다. 아버지는 연신 고개를 갸우뚱하며 이해하려고 애쓰는 모습을 보였다.

산책을 마친 영희는 부모님의 전송을 받으며 밝은 얼굴과 가벼운 몸놀림으로 태수의 차를 타고 집으로 돌아갔다.

6

다음 날 오전, 태수와 영희는 광화문광장의 세종대왕 동
상 앞에 섰다. 며칠 지나지 않았지만 상상할 수 없었던 놀라
운 일을 겪은 두 사람은 이곳에서 단군 할아버님과 강감찬
님과 세종대왕님과 모든 천상의 조상님에게 감사의 마음을
전하고, 그 긴박하면서 가슴에 사무쳤던 순간들을 회고하고
싶었다.

보름 전부터 벌어졌던 그 엄청나고 신비롭던 일들이 어
떻게 일어났고, 어떻게 진행되었는지, 자세한 자초지종을
알고 싶었다. 그리고 자신들이 지상으로 내려온 후 천상에
서는 어떤 일이 있었는지도 알고 싶었다. 이곳에 오면 혹시

무엇인가 알게 되지 않을까 하는 막연한 기대감이 있었다.

두 사람은 세종대왕 동상과 광화문, 경복궁, 북악산, 비봉, 보현봉 등을 바라보며 서 있었다. 슬며시 산들바람이 일기 시작하더니 곧이어 은은한 향기가 번져났다. 천중에 있을 때 맡았던 향기였다. 향을 피우는 냄새 같기도 하고, 꽃향기 같기도 했다.

태수와 영희는 마주 보고 미소를 지었다. 산들바람이 불고 이 독특한 향기를 맡는 순간, 또 무슨 예상 밖의 일이 벌어질 것만 같았기 때문이다. 아니나 다를까, 두 사람의 눈앞으로 푸른 하늘에 천상의 세계가 장대하게 펼쳐졌다.

두 사람은 놀라지 않았다. 두 사람이 마음으로 간절히 원하기만 하면 무엇이든 볼 수 있었기 때문이다. 눈앞에 보이는 천상의 세계는 두 사람에게는 이미 익숙한 풍경이었다. 주변의 다른 사람 눈에는 천상의 세계가 보이지 않았다.

천상의 세계에 그동안 태수와 영희가 보지 못한 사건들이 생생하게 재현되었다. 송추에서의 교통사고부터 시작되었다. 엄청난 폭우 속에서 사고가 난 차 안에 갇혀 피를 줄줄 흘리며 창백한 얼굴로 곧 죽음에 이를 것 같은 태수의 모습이 두 사람 눈앞에 나타났다. 영희가 깜짝 놀라며 소리쳤다.

"왜 저거 얘기 안 했어!"

"나도 몰랐지. 내가 저런 상태였다는 걸 내가 어떻게 알아."

자신의 참혹했던 모습을 바라보며 충격을 받은 태수가 중얼거렸다. 영희는 아무 말도 못 했다. 태수는 다 죽어가는 자기를 살리려고 세종대왕과 신하들이 그다지도 쩔쩔매며 황망하게 움직이는 모습을 다 보았다. 마침내 자신이 한 시간을 옮겨져 살아나게 된 당시의 경위를 다 알게 되었다.

"저 순간이 저렇게 된 것이었구나. 그때 그렇게 한 시간이 달라졌던 거구나."

태수는 죽어가는 자신을 살리려고 애쓴 분들에게 어떻게 감사의 마음을 전해야 할지 몰랐다. 영희는 너무 놀라 아무 말도 못 하고 얼어붙은 듯 꼼짝 않고 서 있었다.

이어 위급한 아버지를 살리려고 이종무 장군과 그 휘하 장졸들이 그토록 질서정연하게 움직이는 모습이 나타났다. 병원에서 자신도 모르게 터져 나왔던 그 '이야~압!' 하는 기합 소리가 이종무 장군과 그 휘하 장졸들의 단합된 기합이었음을 알게 된 태수는 감격과 감사의 마음에 가슴이 떨려왔다.

"장군님! 아버지를 살려주셔서 진심으로 감사, 감사드립니다."

영희는 또 영희대로 자기와 태수를 지키기 위해 천상에서 지상으로 회오리바람을 일으키며 내려오는 강감찬의 모습을 보았다. 오직 이 아이들을 지켜야겠다는 강감찬의 진심을 다시 느낀 영희는 감정이 복받치고 가슴이 울컥하며 눈이 젖어왔다.

두 사람이 가장 놀란 장면은 한밤중에 잠자는 북한 지도자를 깨우고, 지도자를 꾸짖고, 그들의 계획을 포기하게 하는 단군 성조님의 모습이었다. 그 빛나는 용태, 그 확고한 의지! 그 놀라운 초능력, 그 강력한 카리스마! 그분은 정말 한민족의 시조이며 만백성의 어버이임을 여실히 보여주었다.

단군 성조는 슬기롭고 자애로운 분이었다. 두 사람에게 한없이 자상했고, 영희의 막무가내도 모두 받아주고, 인류의 장래를 그다지도 걱정하던 분이었다. 그런 분이 후손을 살리기 위해 한밤중에 지상까지 내려와 확실한 결말을 손수 마무리 지은 것이었다. 태수와 영희는 놀라움과 감동으로 입을 다물 수가 없었다.

"아! 저분은! 정말! 정말!"

북한이 핵무기 사용을 포기한 것은 자신들의 SNS 때문이 아니라 단군 성조님의 무한한 자손 사랑을 원천으로 한 절대적 능력 때문이었던 것이다. 두 사람은 단군 성조님에게 다시 한번 깊은 존경과 감사의 마음을 전했다.

세종대왕 동상 앞으로 많은 사람이 즐겁게 이야기를 나누며 오가고 있었다. 사람들은 하늘을 바라보며 울다가 심각해했다가 하는 두 사람을 힐끔힐끔 쳐다보며 지나갔다.

이제는 모든 사실을 명확하게 알았다. 지난 보름 동안에 저런 일이 있어서, 그래서 지금 세상이 보존되고, 사람들이 생존하고 있다는 사실이 커다란 충격과 감동이 되어 쉽게 사그라지지 않았다.

두 사람이 손을 꼭 잡았다. 하늘로부터 두 사람의 손 위로 아주 가느다란 빛이 한 가닥 흘러나왔다. 그 순간, 두 사람 눈앞에 펼쳐져 있던 천상의 세계는 스르르 사라지고 다시 푸른 하늘만 넓게 펼쳐졌다. 그 후 태수와 영희는 다시 천상의 세계를 볼 수 없었다.

7

   천상의 세계 아사달광장에는 단군을 중심으로 영혼들이 모두 모여 있었다. 지상의 세계에서 핵전쟁이 일어나지 않아 큰 위기는 넘겼으나, 천상의 영혼들은 인간의 일에 간여해서는 안 된다는 규율을 어겼으므로 천상에서 떠나야 했다.

   단군이 서글프게 말을 꺼냈다.

   "그대들의 헌신적인 노력으로 이제 인간세계의 일은 한시름 놓았소. 우리 후손들은 평상의 삶을 그대로 누릴 수 있게 되었소. 그대들에게 진정으로 감사드리오. 이제 우리의 일이 남았구려."

우리의 일이란 이제 천상의 세계를 떠나 헤어져야 한다는 말이다. 모두 비통하여 가슴이 찢어지는 듯했다.

단군이 말을 이었다.

"막상 떠나야 한다니 이렇게 마음이 아플 수가 없구려."

"폐하! 성조 폐하!"

단군은 애절하게 자신을 부르는 영혼들에게 목이 메고 눈물이 어려 말을 잇지 못한 채 한참 허공을 바라보았다. 어렵게 다시 말을 이었다.

"우리가 떠나야 한다는 불문율은 있으나 언제, 어디로, 어떻게 떠나야 한다는 것인지 모르겠소. 선례가 없지 않소."

그렇다. 천상의 세계에서 규율을 어기면 천상을 떠나 사라져야 한다는 불문율이 있으나 누구도 그렇게 사라진 예가 없었다. 누구도 천상에서 죄를 지은 일이 없었기 때문이다. 모두 말이 없었다. 긴 침묵을 깨며 누군가 나섰다. 장영실*이었다.

"소인 조선의 장영실이옵니다. 감히 성조 폐하께 아뢸 기회를 주시옵소서."

---

* 조선 세종 대의 과학자. 물시계 자격루, 옥루 등을 만들었다.

"오, 장영실. 그대는 본래 아는 것도 많고 재주가 많지 않소. 이번에도 뭐 좀 짚이는 것이 있소? 어서 말해보시오."

"소인은 주상 전하의 가마를 잘못 만들어 궁궐에서 내쳐진 이후 방태산이라는 곳에서 자연과 함께 살아가고 있었사옵니다. 낮에는 나무와 풀, 새와 짐승들과 이야기하며 살았고, 밤에는 밤하늘의 별을 보며 이런저런 궁리를 하며 지냈사옵니다."

"나무, 풀, 새, 짐승들과 이야기를 하다니. 역시 재미있는 사람이구려. 호기심도 많고. 계속해보시오."

"그런데 밤하늘에서 조금 이상한 것을 보았습니다. 별이 아니고, 별구름도 아니고, 별회오리도 아니고, 무엇인가 검은 덩어리 같은 것이 있었습니다. 그것이 신기하여 좀 더 알아보려 했으나 너무 멀고 어둡고 형상이 기이하여 별로 알아낸 것이 없었사옵니다. 그런데 요즈음 백성들이 그것을 연구하여 무엇인가를 알아내어 블랙홀이라 이름 짓고 여러 가지 논의를 하고 있었사옵니다."

"그래서요?"

"소인은 그 후로 아무것도 알아낼 수가 없었습니다. 그런데."

"그런데, 뭐요?"

"제가 어느 날 이 천상 세계의 변두리를 둘러보고 있었는데, 저 먼 구석에 일찍이 보지 못했고 상상도 못 했던 놀라운 것을 발견했습니다."

"놀라운 것이라, 무엇이 그리 놀라웠소?"

"저 아득한 끝에 암흑으로 둘러싸인 거대한 소용돌이가 하나 있었사옵니다. 소인은 그것이 블랙홀이 아닌가 하는 생각을 하게 되었사옵니다."

"암흑으로 둘러싸인 소용돌이? 소용돌이라. 그리고 불락홀이라. 그래서요?"

"폐하, 어찌 그리 관심이 많으시옵니까?"

"허허, 아마도 내가 곧 가야 할 곳이 아닌가 하는 느낌이 들어 그렇소. 그 불락홀과 소용돌이에 대해 더 말해보시오. 한자로 '不樂忽(불락홀)'이라 쓰는 거요?"

"아니옵니다, 영어로 'black hole(블랙홀)'이라 쓰옵니다. 암흑의 공간이라고도 하옵니다."

"알았소!"

단군은 오랜 시간 장영실의 설명을 자세히 들었다. 시간과 공간을 넘나들고, 현실과 가상이 교차하는 또 다른 세계에 관한 이론이었다. 인간의 세계에는 지상의 세계와 천상의 세계가 있듯이 우주에는 별과 블랙홀이라는 독특한 세계가 있었던 것이다. 블랙홀은 별의 탄생과 죽음에도 연관이 있다고 했다.

장영실의 설명을 다 들은 단군이 일어서며 말했다.

"나는 규율을 어겼으니 벌을 받아 마땅하오. 내가 벌을 받아 이 천상의 세계에서 사라진다는 것은 저 블랙홀로 들어간다는 일을 의미하는 것 같소."

세종대왕이 앞으로 나왔다.

"소신, 폐하 곁에서 폐하를 모시겠나이다."

"고맙소, 세종. 이제 이 천상의 세계와 작별해야 할 때가 온 것 같소. 그동안 이곳에서 그대들과 행복한 시간을 가졌었소. 정말 소중하고 아름다운 시간들이었소. 정말 너무나 고마웠소."

천상의 모든 영혼이 슬픔에 겨워 안타깝게 단군을 불렀다.

"폐하, 성조 폐하! 정녕 이렇게 헤어져야 하는 것이옵니까? 너무나 슬프옵니다. 너무나 가슴이 아프옵니다, 폐하!"

단군은 흐느끼는 영혼들을 물끄러미 바라보았다.

"우리 모두 진정 헤어지기 싫을 것이오. 그러나 어쩌겠소. 우리는 규율에 따라야 하오."

"저희들도 모두 죄를 지었나이다. 데리고 가시옵소서."

단군은 안타깝게 그들을 바라볼 뿐 아무 말이 없었다.

"그런데 강감찬은 왜 안 보이오?"

세종대왕이 대답했다.

"어디론가 사라지셨습니다. 아마도 저 소용돌이로 이미 들어가신 것이 아닌가 하옵니다."

"그래요? 그 사람 급하기는!"

단군과 영혼들은 영생을 누릴 것으로 알고 살아왔던 천상의 세계를 마지막으로 한 바퀴 돌아보았다. 온갖 감회가 되살아났다. 영혼들은 이제는 다시 볼 수 없는 것들을 마음에 새기며, 영원히 헤어져야 할 사랑하는 가족들과 함께 천상의 세계를 돌아보았다.

천상의 세계에는 영혼들이 그리워하는 모든 것이 나타났다. 고향의 뒷산과 시냇물과 들에 핀 꽃과 고향집이 나타났다. 영혼들은 그 사이사이를 말없이 걸었다.

지상의 세계에서 죽음을 맞이하여 육신을 지상에 남겨놓고, 영혼이 이 천상의 세계로 왔으나 이제 천상의 세계에서 영혼마저 사라져야 하는 순간이 된 것이다. 헤어짐이란 역시 슬픈 일이었다. 이렇게 갑자기 어디로 가는지도 모르고 이별해야 한다는 사실에 가슴이 무너졌다. 슬펐다. 정말 너무 슬펐다.

슬픈 영혼들과 함께 천상의 세계를 다 돌아본 단군이 블랙홀 앞에 섰다. 블랙홀은 흑과 백 두 색깔의 띠로 이루어진, 위로 아득히 높고 앞으로 끝이 보이지 않는 거대하고 둥근 소용돌이였다. 그 끝에서는 아스라이 붉은빛이 비치고 있었다.

블랙홀은 비스듬히 휘어지며 아래로 내려가고 있었다. 블랙홀은 천천히 회전하고 있었다. 입구는 천천히 돌아가고 있었으나 안으로 들어갈수록 돌아가는 속도가 빨라지는 것 같았다. 소용돌이 밖으로는 암흑이 감싸고 있었다.

단군이 블랙홀을 한참 바라보다가 천천히 돌아서서 자기 앞에 서 있는 영혼들을 하나하나 아주 유심히 바라보았다. 그러고는 차분한 목소리로 질문을 던졌다.

"그대들은 모두 내 후손들이 아니오?"

너무 놀라운 질문이고, 너무나 당연한 질문이었다. 단군은 답을 기다리지 않고 조용한 어조로 말을 이었다.

"나에게는 소망이 하나 있었소. 나의 할아버님이신 환인 천제님과 아버님 환웅 님과 어머님 웅녀 님을 한번 뵙고 싶다는 것이었소. 내가 지상에서 2천 년, 천상에서 3천 년을 살아 5천 년을 살았으나 단 하루도 내 할아버님과 부모님을 생각하지 않은 날이 없었소. 그러나 끝내 그 소망을 이루지 못할 것 같구려. 내 영혼마저 사라질 때가 되니 나도 부모님이 무척 그립구려."

단군의 이 놀라운 고백을 들은 영혼들은 황망히 단군 앞에 엎드렸다. 모두 눈물을 흘리며 용서를 빌었다.

"성조 폐하! 소신들을 용서해주시옵소서. 그다지도 할아버님과 부모님을 그리워하시는 성조 폐하의 심중을 조금도 헤아리지 못하였나이다. 용서해주시옵소서."

마지막 작별을 앞두고 슬픔을 가눌 길이 없던 천상의 영혼들은 이 순간 부모님을 그리워하고 보고 싶어 했다는 가슴속 깊이 감추어두었던 단군 성조님의 아픈 고백을 들으면서 너무나 큰 슬픔과 죄스러움에 또다시 한없이 눈물을 쏟았다.

"망극하옵니다! 망극하옵니다!"

단군의 눈가가 젖었다. 가라앉은 목소리로 단군이 말했다.

"거듭 말하지만 그대들이 있어 나는 너무 큰 기쁨과 행복 속에서 오랜 세월 살았소. 지금의 이 작별이 정말 서럽지만 지상에서 우리 후손이 잘 살고 있지 않소. 후손을 생각합시다."

단군이 말없이 지상의 세계를 오랫동안 내려다보았다.

"자! 이제 우리 편한 마음으로 먼 길 떠나봅시다. 모두 일어서시오. 우리에게 새로운 세계가 펼쳐진다고 생각합시다. 너무 슬퍼하지 마시오. 어차피 우리의 생이란 그 끝에는 헤어짐이 있는 것 아니겠소?"

영혼들이 천천히, 아주 천천히 일어섰다.

"영실아, 이리 와 내 손을 좀 잡거라. 저기 들어가면 몹시 어지러울 것 같구나."

"아니 되옵니다. 소인이 어찌 감히 성조 폐하의 손을 잡을 수 있겠사옵니까."

"아니다, 괜찮다. 내 나이가 너무 많아 혼자 가기는 힘들 것 같구나."

장영실이 단군의 손을 잡았다. 단군과 장영실이 맨 앞에 서고 그다음에 세종대왕이 섰다. 그리고 시간도 없고 공간도 없고 시작도 없고 끝도 없는 블랙홀로 날아 들어갔다. 천상의 영혼들이 그 뒤를 따라 훨훨 날아 들어갔다. 날아 들어가는 영혼의 행렬은 끝이 보이지 않았다. 그들의 뒤로는 기쁨과 슬픔과 아픔과 괴로움과 즐거움이 함께 따라 들어갔다.

8

"신 대리, 집에 무슨 일 있었어?"

월요일 아침, 신태수가 출근하자마자 과장이 걱정스러운 표정으로 물었다. 그런데 태수의 정신은 아직도 천상의 세계와 지상의 세계를 오락가락하고 있었다.

"그거이가, 기리니끼니 그거이가."

"무슨 소리야, 그게? 며칠씩 결근하길래 집에 무슨 일이 있었나 했지. 혹시 아버님한테 또 무슨 일이 있나 했어. 내가 먼저 연락하기도 그렇고. 별일 없는 거지?"

"네, 별일 없었어요."

"그렇다면 다행이고."

"네, 다행이지요."

"그래, 다행이구나. 이따 점심이나 같이 먹지."

"네, 알겠습니다."

신 대리는 마음속으로 중얼거렸다.

'별일 없기는요. 정말 엄청난 일이 있었어요.'

그러나 신 대리는 다른 사람에게 아무 말도 하지 않았다.

'이분들은 모른다. 아무것도 모른다. 지난 보름 동안 내가 무슨 일을 겪었고, 이 지구상에 어떤 일이 있었는지 알 수가 없다. 알 필요도 없다. 모든 일이 무사히 넘어갔으니 그것으로 충분하다.'

신 대리는 오전 내내 업무에 집중하기 어려웠다.

'아, 그런데 정말 너무 엄청난 일이었어. 자꾸 그 일들이 떠오르네. 너무 생생하게 떠오르네. 그 조상님들! 그 사건들!'

점심시간이 되자 부장과 과장, 그리고 이 대리와 같이 사무실에서 나왔다. 신태수는 위를 올려다보았다. 빌딩들 사이로 조각하늘이 보였다. 그리고 그 사이로 천상의 세계에서 조상님들이 시간을 되돌리기 위해 온 힘을 기울이던 모습이 보이는 듯했다.

나에게 자애로운 눈길을 보내며 영력이 다하여 부서져 사라지는 할아버지, 할머니의 모습이 보였다. 가슴이 울컥

히며 눈시울이 뜨거워졌다. 자신도 모르게 하늘을 올려다보며 두 번, 세 번 허리를 깊이 숙여 인사를 올렸다. 부장이 돌아보며 한마디 했다.

"뭐 하냐, 누구한테 절하냐? 자리 없겠다. 빨리 가자."

"네! 갑니다!"

'저분들은 모른다. 나도 몰랐다. 조상님들이 자손들을 위해 그렇게 자신의 영혼이 부서져 산산조각 나도록 희생한다는 것을 나는 몰랐다. 정말 몰랐다. 꿈에도 몰랐다.'

태수는 하늘을 올려다보며 살아 있는 사람들을 대표해서 '감사합니다!' 하고 한 번 더 인사드리고는 부지런히 부장의 뒤를 따라갔다.

　추운 겨울날 아침, 집을 나서서 북한산 자락을 올라가봅니다. 겨울바람은 뺨에 찬데 가슴은 뜨겁습니다. 나의 인생과 꿈이 담긴 소설을 이제 하나 완성하다니, 가슴에 기쁨이 차오릅니다. 잘 쓰고 못 쓰고는 나중이고, 완성했다는 성취감에 북한산을 당당하게 바라볼 수 있습니다.

　말하고 싶었던 것은 올바르게 사는 길이었고, 추구하고자 하는 것은 휴머니티였습니다. 빈약한 상상력과 부족한 표현력을 가지고 이 무한한 크기의 인간 본성을 건드려 보고자 하니 마음과 몸이 오그라들 때가 한두 번이 아니었습니다. 그래도 용기와 의지를 잃지 않으려고 노력했습니다.

곁에서 지켜준 집사람 유예경과 아들 최세훈에게 고마움을 전하며, 흔쾌히 출판해주신 열림원에 깊은 감사를 드립니다. 인쇄와 제책을 맡아주신 영신사 홍사희 사장님에게도 감사를 드립니다. 그리고 이 책을 쓰는 데 도움을 주신 모든 분에게 크나큰 감사의 마음을 전합니다.

2023년 1월 북한산 아래에서
최종수 드림

한 시간

초판 1쇄 인쇄 2023년 3월 6일
초판 1쇄 발행 2023년 3월 16일

지은이 최종수
펴낸이 정중모
펴낸곳 도서출판 열림원

출판등록 1980년 5월 19일(제406-2000-000204호)
주소 경기도 파주시 회동길 152
전화 031-955-0700
팩스 031-955-0661
홈페이지 www.yolimwon.com
이메일 editor@yolimwon.com

페이스북 /yolimwon
트위터 @yolimwon
인스타그램 @yolimwon

주간 김현정
책임편집 이서영
편집 조혜영 황우정 최연서 김민지
디자인 강희철

마케팅 홍보 김선규 최가인
온라인사업 서명희
제작 관리 윤준수 이원희 고은정

ISBN 979-11-7040-172-8   03810